戦国昼寝姫、いざ参らぬ

尼野ゆたか

富士見L文庫

もくじ

序章　昼寝姫、目覚めぬ

——物語の始まりは、秋のある日。風が吹き、雨も騒がしい昼下がりのことだった。

鴻子《こうこ》は昼寝をしていた。憂き世から離れ、ただひたすらに眠り続ける。夢とうつつの境、最も心地よいところをたゆたう。この上ない悦楽だ。麻の如く乱れた戦国の世に、唯一許された癒《いや》し。それが、この昼寝なのだ——

「——子、鴻子」

雨風の音に混じって、どこからか鴻子を呼ぶ声がする。

「起きよ」

そんなにも、遠くはない。

「早く、早く起きるのだ」

いや、むしろかなり傍。

「一大事なのだ」

というか、すぐ隣だ。

「――むう」

鴻子は呻《うめ》き、薄目を開けた。良い気分で寝ていたのに、とんだ邪魔が入ったようだ。

「むう？　むうだと？」

野太い響きで思慮深げという矛盾した声が、頭のすぐ真上から降ってきた。さっきからやかましい何者かは、枕元に立ち鴻子の顔を覗《のぞ》き込んでいるらしい。迷惑な話だ。

「昼寝ばかりしている上に、目を覚ますなり『むう』と唸《うな》るとは」

目を開けると、そこには男性がいた。身に纏《まと》うは、公家《くげ》の普段着である直衣《のうし》。頭には烏《え》帽子《ぼし》を被《かぶ》っている。

「まったく、我が妹ながらなんと慎みのない」

鴻子の兄、鷹峯公守《たかがみねきんもり》。鷹峯家の当主である。と言うと何やら立派な貴族のようだが、別に家格もそこまで高くないし荘園《しょうえん》を山ほど持っているわけでもない。家僕――つまり使用人の人数は最低限で、住んでいる屋敷も何ヶ所か雨漏りしている有様だ。公家には厳しいこのご時世にあって、地方に落ち延びず都にとどまっているのが精一杯というのが実際のところである。

服も烏帽子もあちこち古びていて、いかにも貧乏公家な佇《たたず》まいの公守だが、その割に悲惨さや情けなさは感じさせない。なぜかというと、彼の持つ山の如き体つきと岩の如き面立ちが、ある種の迫力を醸し出しているからである。雅《みやび》さと程遠い外見は、公家社会において何かと苦労を招きがちなのだが、中々どうして悪いことばかりでもないのだ。

「こら。何か失礼なことを考えているな」

公守が、ぬっと眉《まゆ》をひそめる。気の小さい人間なら震え上がってしまうであろう、鬼のような面相だ。

「別にそうでも」

しかし鴻子は動じず受け流した。公守とはずっと一緒に育ってきた。岩だろうが鬼だろうが、ひたすら間近で見続けていたら慣れるというものだ。

「とにかくだ。驚くべきことが起こったぞ」

公守が話し始める。

「さようでございますか。続きは昼寝の後で伺いますゆえ、今はこれにて」

それを適当に遮ると、鴻子は目を閉じ昼下がりの睡《ねむ》りを再開した。物語は別に始まらなかった。

「ええい、寝直すな」

と、いうわけにもいかなかった。

「起きよ、起きよ」

公守が、懐から取りだした扇で鴻子の額をぺしぺしと叩《たた》いてきたのだ。

「何をなさいます。ご乱心にございますか」

手を振り回し、扇を払いのける。これでは昼寝どころではない。

「乱心であるものかっ。この期に及んで昼寝などと言い出す妹を懲らしめているのだ」

なおも公守は扇で叩いてくる。

「まったく、兄上は分かっていらっしゃらぬ。枕草子にも、雨の日の昼寝は素晴らしいというようなことが書かれておりましょう。つまり昼寝の素晴らしさは平安の世より変わらぬ真実であり、妾《わらわ》はそれに従っているだけのこと。それではこれにて」

寝具を被り直す鴻子だが、

「屁理屈《へりくつ》をこねるなっ」

公守は無理矢理引っぺがしてきた。

「なんとひどい。この世に昼寝より大事なことなどありはしませぬのに」

まったくの暴挙だ。鴻子は強く不満を訴える。

「そのようなもの、いくらでもあるだろう」

鴻子の抗議を一蹴《いっしゅう》すると、公守はその場にどっかりと座った。所作がやや荒い。

——これはどうも、ただ事ではないようだ。公守は見た目が見た目なので、常から人一倍立ち居振る舞いに気をつけている。それを半ば忘れるとは、よほど動揺しているのだろう。

「よいか。落ち着いて、心して聞くのだぞ」

自分のことを棚に上げてそう言うと、公守は居住まいを正した。

「鴻子。先ほど、お前を妻に迎えたいという者の使いが来た」

「はあ」

すっとぼけた声が出た。まあ無理もない。話そのものがすっとぼけている。

——婚期は遥《はる》か過去に置き忘れ、輝くような美貌《びぼう》やら何やらも持ち合わせていない。常から寝てばかりいるので、口さがない都雀につけられたあだ名は「鷹峯の昼寝姫」。そんな鴻子を妻に迎えたいという物好きがいるなどとは、とても思えない。

「是非とも正室に、とのことだ」

公守が、そう付け加える。

「正室」

ますます面妖《めんよう》である。正室として迎えるということは、すなわち家と家とを結びつけるということだ。しかし鷹峯家と結びついたところで、いかめしい面構えの公家が身内になるだけの話である。何の利があるというのか。

「一体何者なのです、その物好きは」

鴻子の問いに、公守は重々しく告げてきた。

「武士だ。名前を、音浜次郎左衛門長章《おとはまじろうざえもんながあき》というらしい。かの三好筑前守長慶《みよしちくぜんのかみながよし》に仕え、冬松《とうまつ》なる地を任されているのだそうだ。武勇の誉れ高い若武者だという噂だぞ」

時は戦国。世の常ならぬ鬼謀《きぼう》を駆使し、常に寝ていたいという希望《きぼう》を叶《かな》えようとした一人の女がいた。

後の世の人は、その女のことをこう呼んだ。「戦国の昼寝姫」——と。

第一章　昼寝姫、嫁がぬ

蠟燭《ろうそく》の薄明かりに照らされた、板敷きの一室。家具の類《たぐい》は少なく、目立つのは書物が積まれた文机《ふづくえ》くらいだ。

壁際に畳が置いてあり、その上には寝具が整えられ寝床となっている。木枕が二つ並んでいるところからしても、ここが鴻子《こうこ》と夫とが暮らす空間ということらしい。

部屋そのものには、特に不満はない。綺麗《きれい》に掃除されているようだし、壁や天井に穴が開いていたりもしない。それだけで十分だ。

むしろ。気にいらないことは、他にある。

「まったく」

鴻子はむくれる。突然武士の妻になれと言われても、知ったことかという感じなのである。頼みもしないのに輿入《こしい》れさせられたこと、それ自体が不満だ。

そもそも、相手の音浜次郎左衛門某《おとはまじろうざえもんなにがし》が、どんな人間なのかもろくに知らない。というか、相手の顔さえもよく分かっていない。なんやかやと大袈裟《おおげさ》な儀礼を済ませてきたばかりだが、さすがにその場で夫の顔をじろじろ見るような真似はしていなかった。無礼な女めがと手打ちにされてはたまったものではない。

(まあ、いずれにせよろくな男ではあるまい)

家柄や伝手《つて》が狙いでないとすれば、結婚の目的は公家の女をものにすることだ。事実かどうかは知らないが、成り上がりの武士に多い話と聞く。何でも高貴な女を妻とし、それを誇るのだとか。女は飾りということらしい。気色の悪い話だ。

「ようし」

鴻子は腹を決めた。やっぱり嫌だ。身分の高い女に対するねじ曲がった妄想や欲求を、木っ端微塵《みじん》に砕いてくれよう。

ずかずかと寝床に歩み寄ると、二つある枕を一つ蹴飛《けと》ばしてからばったり横になった。仰向《あおむ》けになり、両手両足をだらしなくばーんと投げ出して目をつぶる。慎みだとか色気だとかいったものを、全てかなぐり捨てた姿勢である。

何だったら、いびきの一つもかいてやろう。そうすれば音浜某もがっかりし、早々に離縁されるに違いない。

――がらり、と。頃合いよく、戸が開く音がした。足音が近づいてくる。おそらく音浜某だ。

足音は、寝床の傍らで止まった。どうやら、鴻子の寝姿に驚いているようだ。さあ、鷹《たかが》峯《みね》の昼寝姫と呼ばれた女の姿、とくと見るが良い。

——足音の主は、沈黙を続ける。若干、腑《ふ》に落ちない鴻子である。貴い身分の姫様が大の字で寝床を占領しているのだ。何か言ってもよかろうに。

「んがー」

いびきをかいてみる。これならどうだ。

「んがぁ、んかっ」

それでも反応がない。薄目を開けて、そっと様子を窺《うかが》ってみる。

寝床の傍らに、音浜某がいた。鴻子の方を、じっと見下ろしている。

「むっ——」

思わず鴻子は唸ってしまった。想像していたのと、随分雰囲気が違う。

涼やかな目元、整った鼻と口。すらりとした体を、小袖《こそで》で包んでいる。小袖には、三つの橘《たちばな》を丸で囲んだ家紋があしらわれていた。

ミカンのような丸い実が、細長い茎の先に実っている——それが橘紋の図柄である。茎の両脇には一対の葉が生えており、実が顔なら茎が体で葉が手のようにも見える。どこか可愛らしい。

しかもこの家紋は、真ん中に一本の橘がすっくと立ち、後ろで残りの二本が斜めに交差して顔を覗かせるという動きのある形になっていて、より愛嬌《あいきょう》が増している。そんな紋所を配置した小袖には、軽みを纏《まと》ったお洒落《しゃれ》さが感じられた。

「むむ」

いびきも忘れて、鴻子は唸《うな》り続ける。もっとこう、小汚く野卑でむさ苦しい野武士然とした感じではないかと思っていたのだが、むしろ正反対である。

「――ふん」

気を取り直すと、鴻子はまた寝たふりを始めた。想像以上に男ぶりが良かったので誤魔化されそうになったが、そうはいかない。

考えてもみるがいい。本当に洗練された感性を持っているなら、よりによって昼寝姫を妻に迎えたりするはずがないではないか。油断してはいけない。美丈夫であればあるほど、余計に怪しい。

「ぐごぉ」

いびきを再開し、両手両足を投げ出した姿勢を続ける。

「狸寝入りはよい。起きよ」

すると、ようやく音浜某が口を開いた。しめしめ、ようやくしびれをきらしたか。

「ぐぅー」

ここぞとばかりの高いいびき。起きているとばれていようがいまいが、大したことではない。相手に嫌われるのが重要なのだ。

「あくまで起きぬと申すか」

呆《あき》れたような声を出す。そうだ、それでいい。そのまま機嫌を損ね、こんな妻などいらぬと怒るがいい。

「では、起こすまでのこと」

音浜某が、なにやらしゃがみ込む気配がする。ちょっと予想のうちにない振る舞いである。もう一度、薄目を開けてみる。

音浜某は、畳の脇にしゃがみその下に手を入れていた。まったく意味が分からない。何をするつもりなのか。

「むん」

気合いと共に、音浜某は畳の端を持ち上げた。

端を持ち上げれば、当然畳は斜めになる。畳が斜めになれば、当然上にあったものは滑り落ちる。

ずるずる、どしゃっと。鴻子は、寝具と一緒に板敷きの床へと投げ出された。

おりしも、秋も深まる季節。夜ともなれば随分と寒く、板は実に冷たい。何やら、まことに惨めな心持ちである。

「――ぐう」

それでも、鴻子は寝たふりを続けた。もうあまり意味がないようにも思えるが、ここでおめおめと目覚めるわけにもいかない。鴻子にも意地というものがある。

「やれやれ、これが音に聞く鷹峯の昼寝姫か。聞きしに勝る偏屈ぶりであるな」

そんなことを言ってくる音浜某だが、返事はしない。

「早く起きよ」

急《せ》かしてきても、勿論《もちろん》無視だ。

「そちに話がある」

音浜某の声に不満が交じり始めた。知ったことではない。

「やはり、これを使わねばならぬか」

まだ何か言っている。使う？　何を使うというのだ。

しばし考えて、納得する。さては金か。あるいは着物か、唐菓子の類か。まったく馬鹿馬鹿しい。そんな程度の餌で、この昼寝姫が釣られるなどと——

「さあ起きよ」

りんしゃんりんしゃんりんりんしゃん。凄《すさ》まじい鈴の音が、鴻子の両耳をつんざいた。

「なんじゃ、なんじゃなにごとじゃっ」

思わず耳を押さえ、床をごろごろ転がり逃れる。

「やれやれ。ようやく起きたか」

そんなことを言う音浜某を、鴻子は睨《にら》みつけた。音浜某の手には、鈴がある。ただの鈴ではない。神楽《かぐら》鈴である。巫女《みこ》が舞いながら鳴らす、鈴の塊のようなあれだ。

「近くの神社の神主に頼んで、借り受けてきた。中々起きぬという話であったから用意しておいたが、早速役立ったわ」

そんなことを言うと、音浜某は畳を戻してその上に座り直した。

「まったく、地べたを転げ回りおって。燭台《しょくだい》に当たったらどうする。――ああ、白粉《おしろい》が床についてしまった。一体どのような夜だったのかと、侍女どもが噂するだろうな」

床を見やりながら、音浜某が言う。

「鈴を散々鳴らして、どのような夜も何もあるものか」

その場にどっかりと座ると、鴻子は憎まれ口を叩《たた》いた。

「ほほう、ようやく口をきく気になったか」

音浜某は、にやりともしない。どんどん印象が悪くなる。見てくれがいいのは事実だ。そこは認めてやろう。だがその次の段階がよろしくない。性格も態度も物言いも、実に気に食わぬ。

「化粧が落ちてひどい顔だな。直したらどうだ。もらいものだが、南蛮から渡ってきたよく映る鏡がある。蠟燭の明かりでも、はっきり見えるぞ」

「要らぬ。こんな化粧など、儀礼じゃからとそちらの女どもが勝手に塗りたくってきただけのこと。落ちたなら落ちたままでの話じゃ」

我ながら強い言葉である。これは怒るはずだ。

「ふむ」

しかし、音浜某は平然としている。眉《まゆ》一つ動かさず、何やら考え事をしている様子だ。

「残念であろ。高貴な公家《くげ》のおなごを我がものにしたと思いきや、やってきたのはこの昼寝姫じゃ。ほれ、さっさと送り返すがよい」

「分かった」

音浜某は、頷《うなず》いた。

「心得違いがあるようだな」

「は？」

心得違いとは、どういうことか。鴻子が戸惑っていると、音浜某は立ち上がった。そして、鴻子の前まで来て座り直す。

「公家の娘だからとか、そういうことではない。この音浜次郎左衛門、そちという一人の人間が欲しくて呼び寄せたのだ」

音浜某は、鴻子の目をまっすぐ見つめてきた。戯れを口にしているのではない、真剣な眼差《まなざ》しだ。

「む、むむ」

さすがにたじろぐ鴻子である。なんだ、この男。そんなに鴻子を妻にしたいのか。

「よいか」

音浜某──否、次郎左衛門が告げる。

「わが右腕として、そちを音浜の陣営に迎えたい。この冬松《とうまつ》の地を守るために、音浜の武名を天下に轟《とどろ》かせるために、力を貸してくれ」

「──は？」

予想だにしない申し出である。陣営に？　迎える？　誰が？　誰を？

「何を言っているのじゃ」

「そちを、わが右腕としたいのだ。そしてこの冬松の地を守り、音浜の武名を──」

「同じことを二度申すな。言葉は聞こえておる」

「ならばよい。言葉通りの意味しかない」

ということらしいので、鴻子はしばし沈思黙考した。次郎左衛門の言ったことを、じっくり検討する。

「つまり何か。妾《わらわ》は妻として娶《めと》られたのではなく、家臣として登用されたのか」

何ともたわけた結論である。

「そのようなところだな」

しかし、次郎左衛門は頷いた。頷いてきた。

唖然《あぜん》とする。こんなふざけた話があるのか。武士が、公家の娘を、陣営に、迎える。どう考えてもおかしい。

「さあ。早く決めろ。受けるのか、受けぬのか」

次郎左衛門は、有無を言わせぬ勢いで迫ってくる。

「自分が何を言っているか、分かっておるのか」

そう答えるのが精一杯だ。もしや自分は、大変な乱心者の元に嫁いできてしまったのではないか。兄ときたら、妹を嫁にやりたい一心で、とんでもない相手の甘言に乗ってしまったのではないか。

「分かっておる。小さいとは言え武家の者が、公家の娘を家臣に取り立てようとしておるのだ。奇妙に思うのも、まあ無理はない」

次郎左衛門が言う。意外に冷静というか、真っ当に現状を把握している。

「しかし、わしは真面目だ。真面目に、そちをわが懐刀とする心づもりでいる」

だからこそ、その申し出がおかしい。突然話がそこに着地するのが奇天烈《きてれつ》である。

「なぜ」

そう訊《たず》ねずにはいられない。なぜ、鴻子なのか。

「そちが、わしの右腕として相応《ふさわ》しいと思ったからだ」

さも当然のように、次郎左衛門は言う。

「策謀を巡らし、戦場《いくさば》での勝利を決する。主《あるじ》の命を受けて四方に使いし、立派にそれを果たす。あるいは、民の心をよく察し、その望むところに従い善政を行う。そんな力が、そちにはあるとわしは見ている」

「はっ。大したものじゃ。妾は諸葛孔明《しょかつこうめい》か何かか」

鴻子は失笑してしまう。この次郎左衛門、見てくれは立派でもやはり阿呆《あほう》だ。

いやまあ、そういう経験がないわけではない。むしろ、公家の姫様としてはあり得ないほど積み重ねている、といっていい。しかし規模が違いすぎる。次郎左衛門が言うような侍大将の仕事をしたわけではない。

「否。孔明よりも上と見ておる。孔明はいかに秀でておっても、結局己の国を保てなかった。そちは、違うはずだ」

鴻子は絶句した。阿呆どころではない。ど阿呆である。『三国志《さんごくし》』の名高い智将よりも、都で話題の昼寝姫を評価するとは。

「無論、いきなりそちをわが右腕と紹介しては、受け入れられるものも受け入れられぬ。だからこそ、まずは妻として迎えた。追い追い、力を発揮してゆけばよい」

呆れきった鴻子にも気づかぬ様子で、次郎左衛門は遠大な計画を披露してくる。

「ああもう、やらぬやらぬ」

鴻子は適当にぺっぺっと手を振った。その計画、根本《こんぽん》から考え直してもらう。

「何が追い追いじゃ。なぜ妾が、そんな面倒なことをせねばならぬ」

迷惑千万だ。土地を守るだの家名を上げるだの、まったく興味がない。

「四の五の言うでないわ。やれといったらやれ」

次郎左衛門は、鴻子を見据えそう命じてきた。

「断る」

次郎左衛門を睨み返し、鴻子は拒否した。

「よいか。妾はのう、面倒なことが何よりも嫌いなのじゃ。寝ていることが何よりも好きなのじゃ。伊達《だて》や酔狂で、昼寝姫の二つ名を持ってはおらぬのじゃ」

「それはそれだ」

鴻子が言い募れども、次郎左衛門は耳を貸す様子もない。

「そちが何を嫌い何を好むかなど、この際関わりないこと。そちが、この乱世に何を為《な》すかが重要だ」

「知らぬ」

鴻子も同じく聞く耳を持たない。大志をくすぐろうとしても無駄だ。そんなもの、今の鴻子は持ち合わせていない。

「見返りならある」

次郎左衛門が攻め所を変えてきた。しかし、それもまた無意味である。

「要らぬ」

何を出してきても同じだ。鴻子が興味あるものは、穏やかで温かでかつ長い眠り。それだけである。

「まあ、一度見てみろ」

言って、次郎左衛門は立ち上がった。部屋を横切り、寝床と反対側にある壁際に立つ。

土を厚く塗り籠《こ》めた、そんな壁だ。よく見ると、両開きの扉が備え付けられている。

「これだ」

扉を開けると、次郎左衛門が言う。

「暗くて見えぬ」

鴻子はぷいっと横を向いた。実際、ぼんやりと何か大きいものがあるようにしか見えない。

「これなら見えるだろう」

次郎左衛門は、蠟燭《ろうそく》立てを隣の部屋に持ち込む。鴻子は少しだけ顔を戻し、目の端で見てみた。

「何じゃ、それは」

そこにあったのは、実に面妖《めんよう》なものだった。

一言で言うなら、台である。四本足で、高さは鴻子の腰より少し低いくらい。長さは男性が横になったよりもかなり長く、前部と後部には透かし彫りの飾りが施されている。

台には枠のようなものがあり、その枠からは布が垂れ下げられていた。何となく蚊帳《かや》を思わせる。貴族の寝具である御帳《みちょう》も、こんな感じの作りをしている。ちなみに鷹峯家も貴族だが、そんな立派な寝具はない。

「これは、南蛮渡りの寝台だ。近くの港町の商人から譲り受けた。試しに横になってみたが、ふかふかと柔らかく包まれておるような寝心地であったぞ」

「――む」

ふかふかと、柔らかく包まれるような寝心地。

「むむ」

一切関心がない、と言えば嘘になる。だが、容易《たやす》く食いつくわけにはいかない。昼寝姫にも昼寝姫の矜持《きょうじ》というものがある。

「試してみよ。横になっただけでこちらの申し出を受けろ、などとけちなことは言わぬ」

次郎左衛門が、腕を組んで言ってくる。

「ふむ」

まあ、そこまで言うのなら、試しに寝てやってもよいだろう。鴻子は立ち上がると、南蛮寝台とやらに歩み寄る。

寝台には、寝具も枕も備え付けられていた。このまま、すぽんと入って寝ればよいようだ。

「では、いざ」

早速、鴻子は寝台に潜り込んだ。

「むうっ」

そして思わず呻《うめ》く。――これは、ただ事ではない！

体を柔らかく受け止め、しかし柔らかすぎず、ある程度の反発を返してくる。寝具は温かく、枕もほどよく頭を支えてくる。寝るためだけに存在し、それゆえに寝やすさをあらゆる側面において追求する。そんな究極の道具である。鴻子は、あっという間に眠りに落ちた。

「どうだ。もし我が申し出を受けるのであれば、好きなだけその寝台を使わせてやる。暇な時は、昼でも夜でも使えば――おい。こら、今寝るな」

りんしゃんりんりんしゃんりんりんしゃんりんりんしゃん。

「むうう」

神楽《かぐら》鈴の音で、鴻子は叩《たた》き起こされた。

「試しに使えというから、使ったまでのこと。何故起こされなければならぬ」

「まさか本当に寝るとは思っていなかった。聞きしに勝る眠りぶりだな」

次郎左衛門は、目を見開いている。ずっと淡々としていたが、さすがに驚いたらしい。

「もう一度言うぞ。我が申し出を受けるなら、今後好きなだけその寝台で寝させてやろう。時間が許す限り、昼でも夜でも使えばよい。さあ、どうする」

「ふむ」

寝台に転がったまま考える。次郎左衛門の申し出は、受けるにはあまりに面倒くさい。しかしこの寝台の寝心地は、捨てるにはあまりに心地よい。さて、どうした——もの——

「だから寝るな」

りんしゃんりんしゃんりんしゃん。

「やめい、つい寝てしまっただけのことだ」

りんしゃんりんしゃんりんしゃんりんしゃん。

「もう起きておる。いつまでも鳴らすでない」

「決まったか」

ようやく神楽鈴を鳴らすのを止めると、次郎左衛門が再び訊ねてきた。

「むう」

鴻子は唸《うな》る。そういうことはもうやらない、と決めて「昼寝姫」になったのだ。だが、この寝心地は何物にも代え難い。

悩みに悩み、考えに考え。

「致し方ない。申し出、受けようぞ」

遂に、鴻子は決断した。

「うむ」

深々と次郎左衛門が頷《うなず》く。

「では、よろしく頼むぞ」

そう言うと、次郎左衛門は初めて笑った。唇の両端をほんの僅《わず》かに持ち上げる、そんな笑い方だった。


次の日の朝。

「朝だ。起きろ」

と声を掛けられても、鴻子は寝続けていた。

「やはり起きぬか。予想していた通りだな」

りんしゃんりんしゃんりんしゃんりんしゃんりんしゃん。

「むう」

猛烈な鈴の音を前にしては、目覚めざるを得ない。不承不承、鴻子は眠りの世界から帰り来た。

「今日は、家臣共とそちを引き合わせる。しっかり目を覚ましておけ」

そんな鴻子に、次郎左衛門は早速何やら面倒そうなことを命じてくる。

「のう、次郎左。うぬに頼みがある」

「随分馴《な》れ馴れしいな」

次郎左衛門改め次郎左が、鴻子の呼び方に戸惑った様子を見せた。

「一生の頼みじゃ。もう半刻ほど寝させてたもれ」

「駄目だ。一生の頼みを、そうも易々と使うな」

次郎左は神楽鈴を散々に鳴らしてくる。

りんしゃんりんしゃんりんしゃんりんしゃんりんしゃんりんしゃんりんしゃん。

「――よし、分かった」

手を上げて次郎左を制すると、鴻子は艶《あで》やかに微笑み、

「妾《わらわ》と添い寝したいのじゃな？　来るがよい。たっぷり可愛がってやろう」

「むうう、新妻の色仕掛けが通じぬのか」

「つい先程まで口を開けて寝こけていたのだ。色仕掛けも何もあったものか」

次郎左がふんと鼻を鳴らしてくる。

「ああもう、致し方ない。やればよいのじゃろう、やれば」

鴻子は寝台から身を起こした。気持ちを切り替える。――本当に久々だが、働くこととしよう。

「まず男物の服を用意せい。あまり高くないものだ。紋などはなくてよい。主《あるじ》を持たずに諸国を流浪する侍が着ているようなものじゃ」

そして、次郎左にあれこれと指示を出し始めた。

「刀もいるな。服同様の安物じゃ。あと髪を後ろで引き結んで総髪にする故、何ぞ結ぶものも準備せい。差し当たってはそんなものか」

「別に構わぬが、何事だ一体」

次郎左が、怪訝《けげん》そうに聞いてくる。

「知れたこと。男を装うのじゃ」

鴻子が答えると、次郎左は眉間《みけん》に皺《しわ》を寄せた。

「そのようなこと、せずともよかろう。武士に男も女もない。鎌倉《かまくら》の世には女の御家人もいたというし、尼が男相手に土地を巡って争い幕府に訴え出たという話も聞いたことがある。そもそも鎌倉と言えば、頼朝《よりとも》の死後は妻の政子《まさこ》が率いていたではないか」

表情にも声にも嘘はない。——だが。

「うぬがそう思っておっても、うぬの家臣どもはそうでもなかろ」

「いや、それは——」

言いかけて、次郎左は口をつぐむ。図星なのだろう。

「夜にうぬは『すぐには受け入れられぬ、だからまずは妻として迎え入れた』というような話をしておったではないか。となれば、女がずかずかと入り込む準備などできておらぬということ」

　そこで、鴻子は畳みかけていく。

「妾が何かを言う度に、どうせ『女が偉そうに』とか『唐土《もろこし》では、雌鶏が時を告げれば家が滅ぶと申します』とか何とか横槍《よこやり》が入るのであろ。その度にああだこうだと説得するくらいなら、男の身なりでよいのじゃ。妾が結果を出して、しかる後に正体を明らかにすれば、文句も出まい」

　次郎左はしばし考えてから、口を開いた。

「筋は通っている。しかし、そちが男の姿をして歩き回っている間はどうする。そちの姿が消えた、と騒ぎになるだろう」

　当然、指摘されるだろうと思っていた部分である。なので、手は既に考えてある。

「妾は昼寝姫じゃ。昼間出歩かずとも特に問題はなかろ。侍女たちにすれば京《みやこ》の公家《くげ》のお姫様、遠慮して余計なこともせぬであろうしな。そちから部屋に入るなと命じておけば、なお良いじゃろうて」

「分かった。好きにせい」

　鴻子の説明に、次郎左は頷いた。聞く耳は持っているようだ。

「うむ。それと、何か書くものも用意せい。どのような男にするか、その生い立ちやら何やらを考えて書き付ける。しっかり覚えるのじゃぞ。妾とうぬとで言うことに食い違いがあっては、具合が良くない」

「おうよ。――しかし、そのうぬとか次郎左とかいう呼び方はやめぬか。一応そちは我が妻だぞ。男も女もないとは言ったが、これでは妻というより姉か何かではないか」

次郎左が、不満げに言う。

「やめぬ。妾はあくまで寝台に心動かされて、少しばかり立ち働く気になったのじゃ。そなたさまだのなんだのと持ち上げはせぬ。よく肝に銘じておけ」

そう申し渡すと、鴻子はふんと笑ったのだった。


顔合わせとやらは、板敷きの広間で行われた。

「それがし、福田《ふくだ》大炊介《おおいのすけ》弘茂《ひろしげ》と申す者」

あぐらをかき、両の拳《こぶし》を床について、頭を下げる。男物の旅姿で、傍らには刀も置いてある。鴻子は今や、音浜家に取り立てられた一人の武士であった。

「よろしくお願いするでござる」

適当に武家っぽい話し方でそう言うと、頭を上げる。ちょっと言い回し的にこなれていない気もするが、まあ自信満々でいれば何とかなるだろう。

「この大炊介とは、以前筑前《ちくぜん》殿に従って上洛《じょうらく》した際に知り合った。生まれは丹波《たんば》。和漢の典籍に通じ、軍略に秀でた当代の傑物だ」

次郎左が、すらすらと「福田大炊介」の人となりを話す。彼が座っているのは広間の一番奥、要するに上座であり、そこだけ畳が置かれている。

「最近久々に文が届いてな。主君に恵まれず諸国を流れていると申すので、それならばと迎えた次第だ」

畳の上に座り、次郎左はそんなことを言った。閉じた扇を手にしていて、時折ぽんぽんと膝《ひざ》を叩く。

「さようでござる」

鴻子は、自分でも「福田大炊介」についてあれこれ話した。

「諸国を巡り、民の暮らしをこの目でしかと見、世情風聞をこの耳でしかと聞き、要地をこの足でしかと歩いて参った」

鴻子が座っているのは、次郎左の向かいで、上座の反対側。出入り口から風が入ってきて、やや寒い。

鴻子と次郎左の間には、音浜家の家臣が両側に並んでいる。鴻子から見て左に三人、右に二人。合わせて五人である。

「ほほう」

「武者修行か」

家臣たちが、口々に感想を漏らした。

「さようでござる」

堂々と大嘘をかましながら、鴻子は一同を眺め回す。

全体的に、無骨である。武士が集まっているのだから当然といえば当然だが、それにしても洗練とは程遠い。まあ洗練というのは得てして上っ面を整える技術の向上を指すため、よくいえば素直で裏表なさそうなのだが、それにしたって厳《いか》つすぎる。顔合わせのはずなのに、いきなり軍評定《いくさひょうじょう》が始まりそうである。

「拙者、太能村孫太郎康成《たのむらまごたろうやすなり》と申す」

最初に口を開いたのも、そんな剛毅木訥《ごうきぼくとつ》を絵に描いたような男性だった。顔は険しくいかめしく、声は太く低い。年の頃は四十半ばくらいで、左側の一番奥に座っている。

「以後、お見知りおきを」

孫太郎と名乗った男が、頭を下げる。額から頭のてっぺんにかけて地肌が剝《む》き出しだ。月代《さかやき》という髪型である。毛を一本一本抜いて作ったりもするらしいが、鴻子からすると絶対あり得ない。やれと言われてもご免蒙《こうむ》るでござると逃げるつもりだ。

「不躾《ぶしつけ》であるが、大炊介殿に一つ伺いたい」

顔を上げると、にこりともせず孫太郎が訊《たず》ねてきた。不躾と言うよりは、無愛想の方が近いだろう。

「それがしにお答えできることであれば、なんなりと」

ありきたりな返答をしながら、鴻子は孫太郎を観察する。小袖《こそで》を身に纏《まと》い、その上から袖のない上着の肩衣《かたぎぬ》を着ている。穿《は》いているのは袴《はかま》――すなわち裃《かみしも》という服装だ。次郎左含め、鴻子以外はみなこの格好である。

「諸国を旅する中で、これはという大名がいたなら是非教えて頂きたい」

孫太郎が繰り出したのは、実に難儀な質問だった。大名など、名前もろくに知らない。

「ふむ」

相槌《あいづち》を打つと、鴻子は次郎左にちらりと視線を送る。さあ助けろ。話題を変えるのだ。

「それは興味深いな」

次郎左は豪快に無視してきた。

「遠慮することはない。一つ、思うところを話してみい」

あの、口元を少しだけつり上げる笑みを浮かべている。面白がってやっているのだ。覚えておれ、と心の中で毒づく鴻子である。

「大名でござるか」

しかし、さしあたり今はこの場を凌《しの》がねばならない。考えている風を装いながら、家臣たちの様子を窺《うかが》う。興味深げだったり、品定めしている様子だったり、不機嫌そうだったり。態度は様々だ。

一人、何か言いたくてうずうずしているといった素振りの者がいる。右側にいる二人のうち、手前にいる方だ。こいつに喋《しゃべ》らせようと決めて、「何か話したいのでござるかな？」といった感じの会釈を送ってみる。

「やはり、越後《えちご》の長尾《ながお》ではありませぬか」

狙い通り、相手は勢い込んで口を開いた。それから、慌てて姿勢を正す。

「失礼、申し遅れました。拙者は取井《とりい》木工助《もくのすけ》正忠《まさただ》。よろしくお願いいたします」

黙礼を返しつつ、取井木工助なる武士を観察する。若い。月代はなく、後ろで髪をまとめている。鴻子と似た感じの髪型だ。雰囲気は明るく、また若干の軽率さも感じさせる。

「長尾は、当主が若年ながらも越後の地を統一。川中島《かわなかじま》の地にてかの武田《たけだ》と互角に渡り合っていると聞きます」

木工助が、熱を込めて語る。込めすぎていて若干鬱陶《うっとう》しいほどだ。

「否。今後恐るべきは、今川《いまがわ》であろう」

それに、孫太郎が異議を唱えた。口の挟み方も無造作で、木工助は面目を潰《つぶ》された感じで黙り込む。鬱陶しいと少し思ったのは事実だが、さすがにこれはちょっと可哀想だ。

「まさに、まさに」

左列の一番手前に座った男が、そう繰り返した。しょげ返る木工助を見て、ニヤニヤ笑っている。いかにも小物然としていて感じが悪い。

「ほほう、今川を挙げられるか」

それはさておき、鴻子は孫太郎の言葉に乗っているかのようなふりをした。実際のところ、今川について知っているのは殿様が和歌好きだとかいうことくらいだ。鷹峯は一応歌道の家なので、誼《よしみ》でも結べないかと兄があれこれしていた覚えがある。

「さよう。海道一の弓取りの名は、伊達《だて》ではない。これからも勢力を伸ばしていくはず」

孫太郎が話せば、

「今川が版図を広げるとすれば、最も妨げになりそうなのは尾張《おわり》の織田《おだ》や美濃《みの》の斎藤《さいとう》ですかな。武田や北条《ほうじょう》とは結んでいるわけでありますし」

それをまた別の家臣が受け、

「斎藤はいかがか。子が謀叛《むほん》の末に親を討ったというのが事実なら、揺れているだろう」

次々に皆が口を開き始める。

「マムシの道三《どうさん》も、最期はなにやら憐《あわ》れを誘うものでありましたなあ」

「毛利《もうり》は親兄弟の結束が固いというが、やはりそれでこそ国を保てるのであろう。筑前殿も同様だが」

鴻子を置いて、家臣団は大名談義で盛り上がる。予想通り、誰も彼もこだわりなり主張なりがあって、一言言わずにはいられないようだ。しめしめ、というやつである。これで鴻子のはったりがばれることはないだろう。

「拙者は、長尾だと思いますがなあ」

木工助が、残念そうに言う。他の面々があまり話を聞いてくれないのが不満なようだ。おそらく鴻子よりも年若いだろうし、軽く見られてしまうのだろう。

「ところで、大炊介殿」

その木工助が、今度はなにやら鴻子に話しかけてきた。

「大炊介殿は、諸国をあちこち回られたのですよね。ならば未《いま》だ天下に名を知られていない、伏せたる竜の如き人材についてもご存じでは？」

鴻子は一瞬顔をしかめかけた。こいつ、余計なことを。

「ふむ。伏せたる竜と仰《おっしゃ》るか」

さすがにこれは厳しい。もう一度次郎左の方を見る。

「興味深いな。そち自身長く雌伏しておったし、色々と面白い話が聞けよう」

するとまたしてもこの態度である。やれというからやっているのに、一切協力しないとはどういうことだ。

「是非に」

木工助が、身を乗り出してくる。そんなこと知ってどうするのだと言いたいのをぐっと堪《こら》えて、鴻子は話を始めた。

「讃岐《さぬき》の人物についてはは、どなたをご存じですかな」

唐突な鴻子の問いかけに、家臣たちは顔を見合わせる。いきなり四国北東部の話を振られて、戸惑っているのだろう。

「讃岐と言えば、十河民部大夫《そごうみんぶたいふ》一存《かずまさ》殿であろうな」

やがて、孫太郎が言った。堂々と答えてみせたつもりのようだが、それをやった時点で鴻子の術中にはまっている。

「我等が主《あるじ》である三好《みよし》筑前守長慶《ながよし》殿の弟御にして、鬼十河と恐れられる猛者《もさ》だ。姓が異なるのは、讃岐の十河家に養子に入られたからだな。実際に讃岐にいらっしゃることは少ないが」

次郎左が、解説を付け加えてくる。表情から見ると、ある程度鴻子の企《たくら》みに気づいているようだ。お手並み拝見、と言わんばかりの感じである。

「なるほど。しかし、それがしは証徳寺悟教《しょうとくじごきょう》の名をあえて挙げたいでござる」

一体何者か。鴻子は小さい頃四国に移り住んでいたことがあるのだが、その時世話になったお坊さんである。

「世の常識に囚《とら》われない、実に類《たぐ》い稀《まれ》な人物でござった」

嘘はついていない。何しろ鴻子が昼寝していても怒らず、むしろそれを勧めてくれさえしたのだ。まさしく世の常識に囚われない、実に類い稀な人物であった。

「なるほど」

「さようですか」

家臣たちが目を白黒させる。まったく聞き覚えのない名前だったのだろう。まあ当たり前の話だ。遠い四国の山寺の坊さんについて知っている方がおかしい。

「寡聞にして、初めて聞き及び申した」

それまで仏頂面を通していた孫太郎が、少し頭を下げた。鴻子は内心でにやりとする。作戦成功だ。

——こういう話をするときの殿方は、つまるところ「誰が一番詳しくて物知りなのか合戦」を繰り広げているのである。自分は凄《すご》いんだぞという振りをしたら、みんな一目置いてしまったりするのだ。なので、まず皆の頭にないような話をいきなり提起して戸惑わせ、その隙に主導権を握り、いかにも大物であるかのような印象を与えたのである。

——どうだ、恐れ入ったか。ちらりと次郎左の様子を窺ってみる。

次郎左はというと、扇で膝をぺしりぺしりとやりながらつまらなそうにそっぽを向いていた。まったく。面白みのないやつだ。

「平内図書頭幸憲《ひらうちずしょのかみゆきのり》と申します」

ふてくされていると、優しげな雰囲気の男性が話しかけてきた。鴻子から見て、右側の列の奥に座っている。孫太郎と並んで、重きを成している存在なのだろう。

「先ほど殿が仰られたところによると、貴殿は学識豊かでいらっしゃるとのこと。是非とも、教わりたいことがございます」

図書頭が言う。さっきよりは、楽そうな質問だ。

「それがしなどまだまだですが、お答えできることならば」

言って、大袈裟《おおげさ》に威儀を正す。実際のところ、昔はよく本を読んだりもした。多少の問答ならこなせる。

「いやあ、これは恐縮」

図書頭は微笑んだ。切ったはったの侍世界とは無縁な、実に穏やかな笑みである。

「実はですな、わたしの倅《せがれ》がそろそろ元服する年頃なのですが、これが槍《やり》を振り回し馬を乗り回すばかりの悪たれ小僧で」

その笑顔で家族の話などされると、茶飲み話でもしているかのような感覚になる——

「この前など、『今のような乱世に、机の上の学問が何の役に立ちますか』と言われてしまいまして」

——鴻子は思わず身を硬くした。

「子供の戯《ざ》れ言ではありますが、しかし上手《うま》く答えられませんでした」

——試されている。穏やかなのは、笑顔だけだ。

「何と言って聞かせたものか。是非とも、お知恵をお借りしたく思います」

学問とは何か。学ぶのは何のためか。いざ答えようとすると難しい問い掛けである。やれやれ、一筋縄ではいかない男だ。

「何のための、学問か——でござるか」

　鴻子は口を開いた。もう少しゆっくり考えてから喋りたいところだが、下手に黙り込むと答えに窮しているという印象を与えかねない。

「学問とは、ただ書物の内容を記憶し、問われれば答えられるようになるためだけのものではござらぬ。あるいは、目先のことに対処する小手先の技を身につけるためだけのものでもござらぬ。自ら考え、自ら立つ、その支えとなるものでござる」

　木工助がふんふんと頷《うなず》いている。こういう分かりやすい反応をする人間が一人いると、話しやすくなる。

「確かに今は乱世。筆を執るより槍を取る方が、立身出世の助けとなりましょう。しかし、そのような世も永劫《えいごう》に続くわけではござらぬ」

　昼寝姫の分際で世の中を語っている。なにを偉そうにという感じで、自分でちょっと笑いそうになる。

「戦が無くなれば、槍と馬しか扱えぬ者に居場所はござらぬ。いかに立派な弓とて、飛ぶ鳥が尽きれば、しまわれたままになってしまうのでござる」

　だが、鴻子はできる限り堂々とかつ自信満々に言い切っていく。物事は、「何を言うか」ではなく「どう言うか」が大事なことがしばしばある。いかに筋が通り理に適《かな》った意見でも、不安そうに語られると人は途端に聞かなくなるのだ。

「いかなる世でも通ずる『己』の芯《しん》を作ることこそ、重要でござる。そしてその鍛錬となるのが、種々の学問なのでござる」

──大抵の人間は、断言を好む。断言できる者を、知恵者と受け止める。そんな心の働きを逆手に取り、知恵者と思わせるために断言するのだ。人に物事を説く術《すべ》としては邪道だが、現状そうも言っていられない。背に腹は代えられないというものである。

「なるほど」

孫太郎が感心したように言った。鴻子を見る目が、少し変わっている。

「目から鱗《うろこ》が落ち申した」

木工助もそう言ってくる。

「まこと、得心のいくお話」

図書頭も、満足げに頷いた。合格、ということだろう。やれやれ、一安心だ──

「福田殿は、槍働きは不要とおっしゃるか」

いきなり、そんな声が響いた。機嫌の悪い牛の唸《うな》りのような、太く濁った声色である。

「あるいは、乱世でのみ使い捨てるような卑しい業《わざ》だとお考えか」

左の列の真ん中、孫太郎の隣に声の主はいた。

大きい。座っていても明らかに分かるほど、他の面々と体格が違う。

顔の下半分を埋めるほどに髭《ひげ》を生やし、どんぐり眼を爛々《らんらん》と光らせている。そのどんぐり眼に載るのは、太い筆で斜めに引いたような吊《つ》り眉《まゆ》である。

　こめかみには、槍か何かでずばっとやられたような生々しい傷痕《きずあと》。着ている肩衣《かたぎぬ》の胸の辺りには家紋がつけられているが、これがまた角が生えていたりとごてごてした兜《かぶと》である。どこまでも武の一文字といった感じだ。

「まるで都のお公家《くげ》衆の如きお考えですなあ」

　兜ヒゲがそんなことを言い、鴻子はひやりとさせられる。こういう荒くれ者の勘は、えてして鋭い。戦場での斬り合いなどという原始的な行いを繰り返しているうちに、それこそ動物のような直感が育《はぐく》まれるのだ。

「これは心外なお言葉」

　内心を気取られないよう、声を張る。同時に、狼狽《うろた》えて見えないよう余裕の笑みを浮かべることも忘れない。

「もし武士《もののふ》の存在を不要とするなら、それがしがここに参るはずもござらぬ。頭を丸めてどこぞの寺に転がり込むか、商人になって銭を稼いでいるはずでござる」

　しれっと、それらしいことを言ってみせる。

「ふん」

　兜ヒゲはこちらを見ようともせず、鼻を鳴らしてきた。

「なるほど、弁は立つようにお見受けする。あるいは、殿のお心にかなったのもその辺りですかな」

中々無礼で嫌味な物言いである。鴻子としては「はあ、そうでしょうか」という感じなのだが、武士的には怒らないといけないのだろうか。

「監物《けんもつ》殿」

鴻子が思案していると、たしなめるような声があがった。最初に質問してきた、剛直な無愛想男の孫太郎である。眉間《みけん》に皺《しわ》が寄り、ますます険しい感じだ。

「失敬した」

兜ヒゲは、不満な様子を見せつつも黙り込んだ。野獣のような兜ヒゲだが、序列は気にするらしい。いや、そういえば山猿も親分と子分に分かれるとか言うし、むしろ動物らしい態度なのか。

「さて、話はこの辺にするか。夕方には宴《うたげ》を開く。その準備も必要だ」

その機を見たか、次郎左が集まりをお開きにした。ようやく終わりか、と鴻子はほっとする。まったく、難儀なことばかりでくたびれた。

「大炊介、そちは残れ」

立ち上がろうとしたところで、次郎左が声を掛けてきた。なんじゃと返事しそうになって、むっと堪《こら》える。危ない危ない。

「では、御免」

他の面々が、外に出ていく。木工助や図書頭は丁寧に会釈してくれる一方、あの兜ヒゲは一瞥《いちべつ》してきたのみだった。まあ、無理に全員から好かれる必要もあるまい。とりあえず、男として――武士・福田大炊介として過ごすことに成功したのだから、それでよいだろう。やればできるものだ。

「近《ちこ》う寄れ」

全員が出ていったところで、次郎左が無愛想に言ってくる。いやじゃと言ってやりたいのは山々だが、誰かに見られていても面倒くさい。

「御意」

大人しく返事をすると、鴻子は立ち上がらず正座の形に座り直す。そして膝《ひざ》を突いたままで手も使い、滑るようにして移動する。

「達者な膝行《しっこう》じゃの」

次郎左が仏頂面で褒めてきた。

「これでも公家の娘じゃ。最低限の作法は身につけさせられておる」

小声で言って鴻子が胸を反らすと、次郎左は納得したように頷く。

「なるほどな。上手《うま》いは良いが妙にこぢんまりしていたのはそういうことか。今後はもっと豪快にせい」

かと思いきや、褒めた舌も乾かぬうちに次郎左はあれこれ説教を繰り出してきた。

「膝行だけではない、所作の一つ一つに武士らしさを心がけよ。どうにも公家のように雅《みやび》やかな雰囲気がでておる」

「当たり前じゃ。公家の娘じゃと言ったばかりであろう」

反論しながら、あぐらをかく。当てつけに、殊更どっかりとした感じを出してみる。

「とはいえ、顔合わせは悪くなかった。あれでよかろう」

素知らぬ風で、次郎左が話を続ける。

「学問についての話など、驚かされたな。実に高い見識ではないか」

「見識？　ああ、あれは受け売りじゃ」

例の、お世話になった悟教に教わったものだ。彼の話を、ほとんどそのまま流用したのである。

「そうか、なるほどな。ところで先ほども言った通り、夕《ゆうべ》には家中を集めて一献振る舞う予定だ。そち、酒は飲めるのか」

続けて、次郎左はそんなことを聞いてくる。

「まあ好きじゃな。あまり酔わぬ口じゃ」

そんなに機会はないが、あれば喜んで食らっている。ちなみに兄は酒を体が受け付けない。無理に飲ませようものならすぐに赤くなるし、更に飲ませると岩から滝が吹き出して色々流れてなお大変なことになる。

「ならよいが、酒に呑《の》まれて妙なことを口走ってはならぬぞ。全てが水泡に帰す。部屋に戻る時も同様だ。決して姿を見られぬように」

扇で鴻子を指して、次郎左が注意してくる。

「分かっておるわ。まったく、うぬはそんなことを言うために妾を呼びつけたのか」

細かいやつである。武士ならもっとどーんと構えたらどうなのか。

「妾は忙しいのじゃ。それで終わりならもう行くぞ」

言って、さっきとは逆の動きで次郎左の前から離れ始める。

「何を急いでおる。どうせ、この後は宴まで寝るだけだろう」

次郎左が、そんなことを言ってきた。

「むっ」

鴻子は怒って動きを止める。さっきのヒゲよりも、遥《はる》かに気に食わない物言いだ。

「無礼千万な。妾はまだやるべきことをやるつもりでおったのじゃ」

昼寝をしている時に、寝てばかりいると言われるのはまあ納得がいく。しかし、仕方なしに頑張っている時にこの言われようは許し難い。

「やるべきこと。何だそれは」

次郎左が問うてきた。

「外を見る」

「ほう」

次郎左の表情に変化が表れる。少しだけ、目が大きくなったのだ。

「この地がどのような地か。この地に住む民がどのような民か。己の目で見て、己の耳で聞かねば分かるものも分からぬ。そういうことじゃ」

決めていたことだ。次郎左に説明させることも考えたが、やはり直《じか》に確認するのが一番である。

「驚いたな。そちが、そのようにてきぱきと動くとは」

次郎左が、目を少し見開いたまま言う。

「妾はの、楽をするためには全力を尽くすのじゃ」

そう言って、鴻子はえへんと胸を反らした。

「ふむ」

次郎左は、ぱっと扇を開く。紙の部分には、三つの橘《たちばな》を丸で囲んだ紋所——次郎左の家紋が描かれている。

この扇は、鴻子の兄が彼に贈ったものだ。別にいいのに、「大事な妹をもらってくれた人なのだから」と無理して良い素材を揃えていた。

「わしの目に狂いはなかったな」

そんな扇を口元にやり、次郎左はよく分からないことを言った。

「妾ではなく自分の見識眼を褒めるその態度も気に入らぬ。しかし他に腑《ふ》に落ちぬことがある故、そちらが先じゃ」

鴻子は次郎左をぐっと見据えた。

「次郎左、うぬは何故《なにゆえ》妾にこのような真似をさせる。これまでなんのかんのと話を逸《そ》らされてきたが、今こそ聞かせてもらうぞ」

少し話した印象に過ぎないが、この冬松に人材がいないわけではなさそうに思える。智勇いずれにもそれらしい人間がいるし、雰囲気を盛り上げるような明るい若者もいる。だというのに、どうしてわざわざ鴻子を呼び寄せたのか。

「そうだな。何と言えばよいか」

次郎左が考え込む。

「どういうことじゃ。すぐに答えられぬのか。なんぞ秘密でもあると申すか」

「そうでもない。ただ、どこから話したものかと――」

「殿。平次郎《へいじろう》にございます」

外から、声が掛けられた。聞き慣れない響きだ。先ほどの家臣たちの中にはいなかった者だろう。

「何事じゃ」

次郎左が返事をする。

「大笠屋《おおしょうや》の者が、宴の手配に参っておりまする。殿にも、一言ご挨拶《あいさつ》したいと」

「おう、左様か。通せ」

次郎左のこの言葉で、鴻子の疑問への答えは先送りと決まった。やれやれ、という感じである。

「では、失礼つかまつる」

頭を下げると、鴻子は立ち上がってその場を離れた。

寝所があったり広間があったり、いかにも殿様の住まいといった感じのつくりをした次郎左の屋敷だが、外に出るとまた雰囲気が違う。四方は土を積んで作られた土塁に囲まれ、その土塁の上には柵《さく》が取り付けられているのだ。実に物々しく、家と言うより軍事拠点のようでもある。

「第物《だいもつ》から来るから、受け取って手伝うのだぞ」

門から出ると、少し離れたところに一人の武士がいた。鴻子に背を向け、何やら男たちに指示している。着ている肩衣の首の後ろ辺りには、鳥居を象《かたど》った家紋がついていた。

「取井殿ではござらぬかな」

「おお、これは大炊介殿」

振り向いたのは、木工助だった。声を掛けられて驚いたのか、大きめの目を尚更《なおさら》見開いている。

「鳥居紋をお見かけし、さては取井殿であろうかと」

歩み寄りながら、鴻子はそう言った。あの場にいた全員の家紋は頭に入れてある。人を覚えるにあたっては、関連づける情報が多ければ多いほどいい。

たとえば監物、という名前だけでは中々思い出せないかもしれない。しかし、厳《いか》つい顔、ムサい髭《ひげ》、でかい体、家紋はそんな雰囲気に相応《ふさわ》しい兜《かぶと》――これだけ並べると、「あの敵視してくるやつだな」という風にありありと思い浮かべられる。

「やや っ？　拙者のことをそれほど覚えていて頂けるとは、何とも恐縮なことで」

あともう一つ、言われた方が嬉《うれ》しいということもある。武士にせよ公家《くげ》にせよ、己の家の紋所にはこだわりと誇りがあるものである。

ちなみに鴻子はその例外で、自分の家――鷹峯《たかがみね》の家紋はややこしすぎて好きではない。どんな紋だと聞かれても、上手く口頭で説明する自信はない。名字が取井だから鳥居なのだろう木工助の単純さが、実に羨《うらや》ましい。

「取井殿。折り入ってお願いしたき儀が」

それはさておくとして。照れている木工助に、鴻子は早速依頼を持ちかける。

「ええ、なんなりと」

木工助はにっこり笑った。裏表のない、快活な笑顔である。

「それがし、まだこの冬松の地に来たりて日も浅《あさ》うござる。色々教えては頂けませぬか」

と鴻子が頼んでみれば、

「はいはい。お安い御用にございます」

二つ返事で木工助は引き受けてくれた。

「この取井木工助、案内《あない》仕《つかまつ》りましょう」


「冬松は、この辺りを南北に貫く飯丹《いいたみ》街道の両脇に発達したところでして。今でも西と東とに分かれております」

説明しながら、木工助は歩く。

「我々が今いるのは、東側。殿のお住まいや、氏神様の冬松神社があります」

歩くのは、ひどく速い。そもそも背丈がかなり違っていて、歩幅もあちらの方が大きいのだが、それにしても速い。男は男同士で歩くとき、これほどまでにすたすた歩いているものなのか。

「どちらかというと、家——というか屋敷が多くある場所というわけでござるな」

周りを見つつ、鴻子は感想を口にする。表現を変えたのは、門構えの立派さゆえだ。中には家紋を掲げているところもある。

「さようです。集落の主立った人間の家が多いですな」

木工助が頷《うなず》く。

「さしずめ上京《かみぎょう》といった感じでござるな」

言ってから、しまったと内心で後悔する。ついつい京でたとえてしまった。

「ああ、なるほど。都は上下《かみしも》に分かれているそうですな」

あまり武士らしくないたとえだったが、木工助は特に違和感を持たなかったらしい。

「大炊介殿は、京におられたこともあるとか」

むしろ、何やら目をきらきらさせている。

「いかがですか、京は。拙者、まだ一度も上ったことがないのです」

「何度も戦に巻き込まれた割には賑《にぎ》やかでござるが、それでも荒れているでござるな」

正直、微妙だと鴻子は思う。しょっちゅう戦場になっては足軽が狼藉《ろうぜき》を働くし、火事になったり飢饉《ききん》や疫病が起こったりすれば手が付けられない。人心も荒《すさ》みがちで、祇園祭《ぎおんまつり》など毎年殴り合いが起こっては人死にが出ている。

「そうなのですか。住めば都と言いますが、都は住むによろしくないと。何か、雅なお公家のお屋敷が帝《みかど》の住まう御所を取り囲んでいるように想像しておったのですが」

木工助は首を傾げる。

「平安の世ならいざ知らず、現在は御所や町を麦畑が囲んでいる感じでござるな」

誇張ではなく、本当にそんな感じである。なので帝でさえ貧困に喘《あえ》いでおり、即位の儀式を執り行うのにもひどく苦労するほどだ。公方──幕府の将軍に至っては、何年も前に京を追われている始末である。

「そうですか。なんとも諸行無常な──あ、つきました。これが飯丹街道です」

言葉の途中で、木工助はふと我に返ったように足を止めた。

目の前に、広い道がある。実のところさっきから見えていたのだが、木工助は話に夢中で気づいていなかったらしい。

道は事業で開発されたというより、人が長年にわたって歩いているうちに踏み均《なら》されたような雰囲気を持っている。暮らしに密着した、生活の通う往来なのだろう。

「あそこにあるのは、関所か何かでござるかな？」

鴻子は道に出ると、北側を見やる。離れたところに、大きな木造の門があるのだ。反対側を振り返っても、やはり同じようなものが見える。

ただの門ではなく、上に人が何人も入れそうな二階部分と屋根とが備え付けられている。楼門、と呼ばれるものだ。大きな寺社にあるものほど豪勢ではないが、造りはしっかりしている。

「ええ、そうです。通られませんでしたか？　よそから来た人は、必ず北か南の関所を通るようになっておるのですが」

木工助が、不思議そうに聞いてきた。

「む」

迂闊《うかつ》だった。輿《こし》に乗ってやってきたので（何しろ輿入れというくらいだ）、関所を通ったかどうかも分かっていなかったのである。

「ああ、そうでござった。いやはや、ついた頃は日も暮れようかという時間帯でしてな。今のようにお天道様が出ていると、まったく違って見えますわい」

取り繕いながら、空を見上げる。間の悪いことに、言うほど晴れていない。

「ははあ、確かに。初めて来るところだと、そういうこともありましょうな」

しかし、木工助は特に疑いもせず信じてくれた。素直なのは結構なのだが、ここまでだと武士として大丈夫なのか不安になる。出陣中でも、敵の間者に「町が燃えておりまする」とか適当な虚報を流されただけで真に受けて帰ってしまいそうである。

「では、少し行ってみましょう」

木工助がとことこと歩き出す。鴻子も、それについていく。

沢山の人々が、街道を行き交っている。大きな荷物を背負っていたり、荷駄馬を連れていたりする人が多い。この街道は、やはり重要な――

「おうい」

突然木工助が大きな声を出し、鴻子の考え事は無理矢理中断させられた。

見上げると、木工助はぶんぶんと手を振っている。向こう側では、関所の番らしい人たちが手を挙げ返してきていた。そんな挨拶など近づいてからすればいいではないかと思うのだが、この辺の騒がしさも武士ということか。

「どうも、どうも」

一人の番兵が駆け寄ってきた。

「どうだ、仕事は」

「はい。滞りなくやっとります」

木工助の問いに、番兵はそう答える。面構えは畑で大根でも掘っていそうな感じだが、具足を身につけ槍《やり》を担いでいる。えらく物々しい身なりである。

「こちら、殿のご友人で、我々に力を貸して下さることになった福田大炊介殿だ」

木工助が、番兵に鴻子を紹介した。

「これはこれは。今の時間帯に北っ側の関所を任されております、源太《げんた》でごぜえます」

源太と名乗った番兵は、頭を下げてくる。

「福田大炊介でござる。よろしくお見知りおきを」

鴻子も、それに礼を返した。

「いや、そんな。殿様のお友達さんが、おいらなんかに勿体《もったい》ねえ」

源太は照れた様子を見せる。武士から丁寧に挨拶される経験が、あまりないのだろう。

「関所の仕事は、とても重要でござる。励まれよ」

鴻子がそう言うと、源太は更に恐縮した様子を見せる。

「へい、へい。肝に銘じます。それでは、失礼します」

何度もひょこひょこ頭を下げながら、源太は戻っていった。

その背中を眺めていれば、関所の様子も目に入る。丁度、二人連れの男女が、番兵に何やら渡していた。――銭だ。

「関銭でござるか」

鴻子は訊《たず》ねた。一瞬賄賂《わいろ》かとも思ったが、さすがに木工助のような武士の目の前でやることはないだろう。

「ええ」

木工助が頷く。

「筑前殿の命で、通る人数や荷物の大きさに基づき一定の金額を取り立てております」

――筑前殿。彼らの話によく出てくる名前である。それが何者であるかは、武家の社会に興味がない鴻子でもよく知っている。

三好筑前守長慶。幾多の戦いに勝利し、遂には京とその周辺の広い地域――畿内《きない》を我がものとするに至った大名だ。幕府の現将軍さえ打ち破り、京から追い払っている。

畿内各地の有力者を支配下に収めたり、様々な争議に裁定を下したりしており、さながら天下人のようだという評価さえあるという。この冬松は畿内の摂津《せっつ》という国にあるのだが、しっかり影響下に収めているようだ。

「集まった金は筑前殿にお納めしておりますが、半分はこの冬松を守るための矢銭として我々がお預かりしております」

木工助が、興味深いことを口にする。矢銭とは、軍備を整える資金のことだ。

「それだけ、この冬松が重要な地であるということでござるな」

鴻子はふむと考え込む。行き交う人の数からして、相当な金額の関銭が入ってくるはずだ。それを半分も使わせるとは、三好筑前はよほどこの地を重視しているのだろう。

「仰《おっしゃ》る通り。飯丹街道は、南の港を起点に北の山々まで繋《つな》がる重要な道筋。しかもこの冬松の集落のすぐ近くには、東は大坂《おおさか》から出て西国へと繋がっていく道もありまして」

「なるほど。物や人の流れが集まる、要地の中も要地であると」

少しばかり、鴻子は次郎左のことを見直した。この地を任されるというのは、三好筑前から相当の信頼を得ている証左だ。

「だから、この関所や――」

そこまで言って言葉を切り、鴻子は左右に目をやる。

「あれらの備えがあるというわけでござるな」

関所の門の両脇から、高く土を積み上げて固めた土塁がずっと伸びている。土塁の上には、木でできた柵《さく》が備え付けられていた。おそらく、この土塁は冬松の集落全体を取り囲んでいるのだろう。

「ええ。堀もしっかりと」

答える木工助の顔は、生き生きしている。武士だけあって、こういう話は水を得た魚といった感じだ。

「他には、あそこに井楼がございます。いわば物見櫓《やぐら》ですな」

木工助は、東の方を指差す。見やると、土塁の上に木を組み合わせた造りの櫓が建っていた。

「元々は北側の東西両方に櫓を備えていたのですが、西のものは攻撃を受けて焼け落ちました」

「攻撃を受けて、焼け落ちた？」

「ええ。急襲でした」

――何やら、とても不穏な気配がする。

「それまで防御の拠点となるのは、東側にある殿の屋敷一つでした。しかし、櫓を焼かれてからは西側にも築きまして。北西の角に建て、土塁を改めて設け単体でも敵を防げるように――」

「失礼ながら」

鴻子は木工助の話を遮った。ちょっと、聞かねばならぬことがある。

「伺いたいのでござるが、この冬松は戦の多い地なのでござるか?」

おそるおそる訊ねると、木工助は何でもないことのように答えてきた。

「聞き及ぶところでは、この五十年で大きくは七回。小さくは数え切れない程、この城は戦の舞台となっておるとのことです」

「大きくは、七回。小さくは、数え切れない程」

呻《うめ》くように、鴻子は木工助の言葉を繰り返した。

「い、いかがなされた?」

木工助が、戸惑った様子で訊ねてくる。

「いえ、何でもござらぬ」

何でもないことは全くないのだが、鴻子はとりあえずそう誤魔化した。

次郎左を見直すのを見直す必要がありそうだ。あの男、やっぱり食わせものである。なんだここは。とんでもない死地ではないか。

「すみませぬ。拙者、調子に乗るとつい好き放題に喋《しゃべ》ってしまう癖がありまして」

木工助がしょんぼりしてしまった。自分のせいで、鴻子が機嫌を損ねたと思っているらしい。感情豊かな木工助だが、豊かなだけに浮き沈みも激しいようだ。

「いえ、いえ。とんでもござらぬ。少々考え事をしていたのでござる」

「考え事？　それは一体」

「ああ」

まさか「殿に一杯食わされたでござる」と言うわけにもいかない。何か、適当な理由をひねり出さねば。

「ふと、気にかかることを思い出しまして」

それが何であるかは、今から考える。昨日今日誕生したばかりの福田大炊介に、大した悩み事があるはずもない。

「先ほどの屋敷でのお話でござるが」

自然、何ということもない話をそれらしく語るしかない。たとえば、ちょっと感じの悪いヒゲについてとか。

「兜《かぶと》紋の方のことでござる」

家紋を覚えておくのはこの辺にも意味がある。さすがに、あのちょっと感じの悪いヒゲとか何とかいう言う訳にはいかない。

「ああ、高野《こうの》監物隆次《たかつぐ》殿ですな」

木工助が、困ったような顔をした。周囲に少し目をやり、それから渋い顔で俯《うつむ》く。人目につくところでは話しづらい何かがあるのだろう。

「木工助殿。櫓があると言っておられたでござるな。それがし、登りたいでござる」

そこで、鴻子は一つ提案をしたのだった。


「おお、良い眺めでござるな」

櫓は簡易なつくりだった。さほど大型でもないのだが、足場になっている土塁自体に相当高さがあるので、周囲を遠くまで見渡せる。

「辺りの景色が一望できますよ」

脇で、木工助が言う。

「そのようでござるなあ」

冬松の周りには、田畑が広がっている。田は本来刈り入れも終わっている時期のはずだが、何か作物が育てられている様子だ。田畑の中にはいくつもの村落があり、少し離れたところには大きな寺を中心にした町があるのも見える。

「冬松を含むこの地域は、川間ヶ崎《かわまがさき》と呼ばれています。東西に川が流れ、南は海に面した地域だから、川間の崎《みさき》なのですね」

見ると、確かに東西とも彼方に川が流れていた。東側の川は途中で複数に分かれ、対照的に西側の川は一筋でかつ太い。

南に目を向ければ、遠く向こうに海が広がっている。海の傍には港町があり、多くの船が出入りしている。随分と賑《にぎ》わっているようだ。

「しかし――」

鴻子は近くに目を戻す。冬松の集落が、この位置からだと全て手に取るように分かる。最初に目につくのが、その防備だ。集落の四方を土塁で囲み、その土塁の外側と内側には広く深い溝が掘られ、水で満たされていた。水堀である。折しも雲間から顔を出した太陽が、堀の水面をきらきらと輝かせていた。

「――堅固でござるな」

鴻子はそんな感想を漏らす。

木工助が先ほど触れた「西に新しく作った拠点」は、集落の北西の隅にある。独自に土塁を備えた拠点、といった感じだ。東側にある次郎左の屋敷も、改めて見下ろすと相当防御性に工夫が凝らされていることが分かる。

「これならば、攻められても安心でござるな」

つまり集落そのものが土塁と堀に囲まれた城であり、しかもその中に城が複数あるという形になっているのである。

「――ええ」

木工助が、なぜか複雑な表情を見せる。

「実はですな、そうでもないのです」

そして、口ごもりながら話し始めた。

「この冬松は、二つに割れております」

その目は、北側に向けられている。そちらに興味があるというよりは、足元から目を逸《そ》らしたいという雰囲気がある。

「二つに？」

同じ方向を見やりながら、鴻子はそう聞き返した。

「元々この冬松の地は、長く冬見田《とみた》という一族が治めておりました。しかし三好筑前殿と対立し、遂には攻め滅ぼされたのです。それが七度目の大きな戦。五年前のことでした」

鴻子は冬松に目を戻す。外堀に渡された木の橋を、商人らしき一団が通っていた。何やら冗談でも言い交わしているのか、ときおり体を反らして笑っている。実に平和な眺めで、戦があったようには思えない。しかし、乱世とはこういうものである。

皆、慣れているのだ。人が人を殺すことに。勝者が敗者を踏みにじり、強者が弱者を食い物にすることに。そんな畜生と変わりない世のありように、慣れてしまっているのだ。

「冬見田氏が滅んだ後、その代わりとして送り込まれたのが我等の殿なのです」

「――ははあ」

色々、察しがついた。この話の内容も、木工助の口が重いわけも。

「三好殿により次郎左――衛門殿につけられて冬松入りした方々と、元よりこの冬松にいて一度は三好殿に背いた方々と。その二つに、割れておるのでござるな」

堅固と言われて、言い淀《よど》むわけである。一番の大本、家中が不安定なのだ。

「よく、お分かりで」

木工助が、驚いたように目を見開く。

「今日主だって話された方だと、兜紋の監物殿や、古強者《ふるつわもの》な雰囲気の孫太郎殿辺りは冬松に元々いらした方々でござるな」

「ええ、その通りです」

「そして、木工助殿や図書頭殿は殿と共に冬松にいらしたのでござろう。ですからそれがしに気さくに声を掛けたりして下さったと」

腑《ふ》に落ちる。改めて振り返ってみると、雰囲気に差があった。図書頭などは試すようなところもあったが、それでも基本的には好意ある感じだった。

「殿は、そのご武勇でもって何とか地付きの者たちの不満を抑えていらっしゃいます。しかし、この冬松を一つにするには至っておりません」

木工助が、しょんぼりとうなだれる。

「殿のお力になりたいのですが、何分若輩者でありまして」

顔合わせの時にも何となく感じたが、自分が軽《かろ》んじられている現状に情けない思いを抱いているようだ。

「戦でも思うような手柄を立てられず、何のお役にも立てておりません。軽んじられるのも道理ですな。今年は冬松以外でも戦らしい戦がなく、出陣の機会もありませぬし——」

木工助はあれやこれやと愚痴り始めた。中々面倒くさい奴だが、しかし色々と良くしてくれているわけだし、ぞんざいに扱うのも悪い気がする。

「——北側は」

というわけで、鴻子はかなり無理矢理ではあるが話題を変えることにした。

「開墾されていないのですな」

北側は、鴻子たちからすると丁度正面に位置する方角である。そこに広がっているのは荒れた野原で、ひどく殺風景だった。街道の先はどんどん地面が盛り上がり、遂にはその向こう側を見通せなくなる。

「ああ、そうですね。こちら側は、水がどうも用意できぬのです」

我に返った様子で、木工助はすらすら説明を始める。

「他の方角は、掘れば水が湧き出たりするのですが」

もう立ち直っているようだ。本当に落ち込んでいたように見えたのだが、よほど切り替えが早いのか何なのか。

「なるほど。では、丘の向こう側には何が？」

落ち込む方向への切り替えが早くても困るので、どんどん新しい話題を振っていく。

「飯丹という地域です。飯丹大和守周興《やまとのかみちかおき》という武士がいて、飯丹城という城を拠点として筑前殿と長く敵対しておりました。しかし筑前殿が御自ら決着をつけるべく本腰を入れて攻められまして、籠城《ろうじょう》戦の末に和睦《わぼく》が成立しております」

名前が飯丹ばかりだが、それだけに覚えやすい。要するに、丘の向こうにいる飯丹と対立関係にあったということのようだ。そういえば、櫓《やぐら》など防御施設は北側に重点的に造られているが、これも飯丹の侵攻に対抗するためだと考えれば納得がいく。

「拙者の初陣も、その戦でありました。野戦で兜首を挙げましてな。筑前殿から直々にお褒めの言葉も頂き申した」

懐かしむように、木工助が遠い目をする。

「しかし、すっかり軍功とも縁遠くなりまして。これでは立身出世など夢のまた夢――」

その表情が、どんどん曇っていく。やれやれ、また始まった。

「木工助どのオ」

鴻子が呆《あき》れていると、下から呼び声が聞こえてきた。見下ろせば、櫓の下にさっき会った番兵の源太がいる。

「何だア」

木工助が、身を乗り出して大声で聞き返した。

「平次郎殿が、探しておいでですぞオ」

「おう。今降りる」

怒鳴るようにそう言うと、木工助は鴻子に向き直った。

「では、御免つかまつる。また、宴の席にて」

そう挨拶《あいさつ》すると、木工助は備え付けの梯子《はしご》で櫓を降りていく。呼ばれて気持ちが切り替わったのか、もう雰囲気は元に戻っていた。木工助の一喜一憂は天気のようなものだと考えて、適当に接した方がいいのかもしれない。

源太と連れだって去って行く木工助を見ながら、ふうと鴻子は息をついた。

「まったく」

木工助の悩みは、まあさておくとして。家中が二つに割れているという話は、実に面倒である。右腕となれということは、そういうごたごたを丸く収めろという意味でもあるのか。

「難儀じゃのう」

鴻子はぼてっと仰向《あおむ》けで横になった。櫓には屋根がついており空は見えないが、日光を遮ってくれているともいえる。つまるところ昼寝するのに最適だ。冬松の地形やら家中の情勢やら、沢山の話があった。いきなりこれだけの情報を仕入れても、消化するには時間がかかる。昼寝でもして、ゆっくり飲み込んでいこう――

「へくしっ」

結論から言うと、あまり寝るべきではなかった。秋も半ばを過ぎた今の季節は風が冷たく、少しの昼寝でもすっかり体が冷えてしまったのだ。

「おや、お風邪を召されましたか」

隣に座った木工助が、心配そうに聞いてくる。

「いやあ、はは」

鴻子は曖昧《あいまい》に笑って誤魔化した。まさか、あの後櫓で昼寝してしまったとも言えない。

「ふん、風邪とは。諸国を巡ってきた方とも思えませぬな」

向かいから、皮肉たっぷりの声が飛んできた。兜ヒゲ——高野監物だ。

「それとも、長旅でお疲れですかな」

監物がそう付け加え、向かい側の列の者たちが揃って笑う。


——宴の場所は、顔合わせのあったあの広間だった。先ほどの顔合わせの時よりも人間の数は多い。先ほどの顔合わせには、一番主立った家臣だけが並んでいたのだろう。

主賓であるはずの鴻子は、入り口から見て右側の列の一番下座にいた。序列など気にしないので別にいいと言えばいいのだが、もう日も落ち始める時間帯で出入り口の近くは更に寒く、そこが辛《つら》い。

鴻子は、木工助が言ったことを思い返す。家中は、冬松の地侍と次郎左につけられてやってきた三好の人間との二つに割れているという話だ。となると、向かい側の連中は冬松側なのだろう。実際、鴻子が座っている列には非・冬松の図書頭や木工助がいる。

「しかし、おなごのようなくしゃみでございますな」

監物の隣に座った男が、嘲《あざけ》るような言い方をした。ニヤニヤと嫌味な笑い方に見覚えがある。確か、顔合わせの時もいたやつだ。冬松側の一番下座に座っていたはずである。

「お体もお小さいですしな」

あの時は話しかけて来なかったが、今回はよく喋《しゃべ》る。小さいと言われてもそりゃそうだろうという感じで別に腹も立たないのだが、武士的にはどうにかせねばなるまい。はてさて、どうしのいだものか。

ちらりと、次郎左の方を見る。次郎左は、考え事をする風な面持ちで広間の出入り口辺りを眺めていた。自分が連れて来た人間が侮りを受けているのに、特に何を言うつもりもないらしい。自分で切り抜けろということか。面倒なことだ。

「槍《やり》働きを軽んじられるのも、ご自身が苦手とされているからではありませぬかな」

監物が、更に絡んでくる。前回は監物をたしなめた孫太郎も、知らん顔のままだ。考えてみれば、あの時は監物の皮肉が次郎左にも向いていた。主《あるじ》をどうこう言うのは建前上注意するが、的が鴻子一人である分には関知しないということなのだろう。

「なるほど学もあり弁舌も立つようであらせられるが、それは武人《もののふ》の仕事とは申せませぬ。寺に行かずにここへ来たとおっしゃったが、むしろ頭を丸めて経を読むなり、あるいは稚児の代わりに生臭坊主の相手をするなり――」

「おや」

鴻子側の列から、のんびりした声がした。図書頭である。

「誰か来たのではございませぬかな？」

鴻子に対して学問することの意味を聞いてきた時のように、穏やかな雰囲気だ。ちらりと見ると、微笑みかけてくる。助け船を出してくれたらしい。ありがたいことである。

「はっ」

外から、人の声がした。続いて、戸が開く。

「大笙屋の者にございます。お食事の準備ができましたので、参りました次第です」

姿を現したのは、商人姿の男性だった。年の頃は四十に手が届くか届かないか、といったところだ。商家の主というよりは、現場で色々切り回す人間といった雰囲気だ。

「うむ。持ってきてくれ」

初めて、次郎左が口を開いた。監物はふんと鼻を鳴らし、ひとまず話をやめる。嫌味攻勢は、ようやく一段落のようだ。

「はい、ただいま」

頭を下げると、男性は高い音を立てて手を叩《たた》く。少しの間を置いて、膳《ぜん》を捧《ささ》げ持った男たちが次々と現れた。次郎左を最初に、上座から順に配膳《はいぜん》されていく。

「失礼します」

待っているうちに、ようやく鴻子の元にも膳がやってきた。

「おおっ！」

膳の上の皿を見て、思わず声が出る。

「さしみでござるかっ」

きらきらと光るさしみが並んでいたのだ。海から遠い京において、生の海魚《うみうお》は冬場にしか出回らず、しかも高い。よって、鷹峯家の食卓に上ることはまずない。さしみを見たのなんて、いつ以来だろう。

「はい。鯛《たい》のさしみでございます」

膳を運んできた商人の男性が、少し戸惑った様子を見せる。なぜかと思ってから、自分の態度や言葉遣いのせいだと鴻子は気づいた。商人相手にござるござると丁寧に喋る武士もいまい。

「ほほう、鯛のさしみか」

そこで、態度を改める。すると、商人は気を取り直した様子で笑いかけてきた。うむ、これがさしみを前にした武士の正しい態度らしい。

「第物の沖で海人《あま》が獲《と》ったものを持って参りました。少し時間が経ち旨味《うまみ》が回った、一番の食べ頃にございます」

商人が、丁寧に説明をしてくれた。

「ふむふむ」

聞いているだけで、胸が高鳴る。

「召し上がる際は、こちらをお使い下さい」

男性は、さしみの脇の小皿を示した。小皿は、色が濃い液体状の何かで満たされている。鯛のさしみは普通辛子酢などで食べるはずだが、趣向が違うらしい。

「京は相国寺鹿苑院《しょうこくじろくおんいん》のお坊様が作っていらっしゃる、『しょうゆう』という調味料です。最近作り始められたもので呼び方は色々あるようですが、いずれにせよ何ともよい味わいでございますよ。お公家《くげ》様方は、贈り物にも使われるそうです」

「そういうものがあるのだな。初めて知った」

これは本当のことである。鷹峯家にそんな新奇なものをやり取りするような人脈はないし、そもそも贈られても困る。お返しできるのが当主謹製の和歌くらいしかない。

「その横にある吸い物は？」

椀《わん》の中に、湯気を立てる汁物がある。実にいい匂いを漂わせていて、こちらにも食欲をそそられてしまう。

「魚のあらでだしをとった汁です。味噌《みそ》を使って味付けをしております。汁物については、こちらの台所をお借りして作ったものですので、まだ熱うございますよ。あら自体も入っておりますので、そちらも骨に気をつけてご賞味下さい」

「さすがは大笙屋。いつもながら手際がよい」

図書頭が言い、木工助もうんうんと頷《うなず》く。

「有り難いお言葉です」

頭を下げると男性はその場を離れ、入れ代わりに別の商人が盃《さかずき》を並べる。全て並んだところで、長い柄のついた銚子《ちょうし》でお酒を注いでいく。

「さて、準備も整った。形式張った膳ではなく、肩の力を抜いて酒食を楽しめるような献立だ。存分に飲み食いせい」

そんな次郎左の言葉を合図に、宴が始まった。

鴻子はエサを与えられた犬の如き勢いで、膳に向かう。箸《はし》で鯛のさしみを挟み、「しょうゆう」なるものにつけて、それから口に放り込む。

「――！」

美味《うま》い。実に美味い。ぷりぷりした歯応《はごた》え、染み出す魚の旨味。もうこの時点で食べ物として圧倒的な高みに達しているのだが、そこに絡む「しょうゆう」がただ事ではない。濃厚で、塩っ気が強く、存在感のある味。いかにも魚の味を台無しにしてしまいそうに思えるが、まったくそんなことはない。これほどに主張が強いのに、あくまで鯛のさしみの魅力を引き出す方向にのみ作用しているのだ。「しょうゆう」なる調味料、いずれ更なる改良を経て料理の主軸として君臨するのではなかろうか。

興奮冷めやらぬまま、鴻子は続けて汁物を啜《すす》る。

「むう」

これまた素晴らしい。いくつもの味が折り重なりあるいは絡み合い、最終的に汁物としての完成形を口の中で表現する。

複雑な模様の織物を、鴻子は想起する。いくつもの色の糸で丹念に織り上げられた、芸術品だ。——そう、そうなのだ。この汁物は芸術だ。

膳には吸い物とさしみだけではなく、米もある。そんなおそろしく高級な米には見えない。この地で普通に育ち、普通に収穫され、普通に炊かれたものだろう。

「うむむ」

しかし食べた瞬間、米は凄《すさ》まじい衝撃を鴻子に与えてきた。二種の魚料理の後だからだろうか、ただの米なのに違った味わいが感じられる。

今日の朝、男装し終えてから鴻子は朝餉《あさげ》で米を食べている。おそらくは、同じようにこの川間ヶ崎でとれた米だ。しかし、その時とはほとんど別物のようである。

「むう」

米が膳に供される意味は、ただ腹をふくれさせるだけなのではないのかもしれない。様々なおかずと組み合わさることによって、新しい局面を食事に生み出すことも重要な狙いではないのか。そんなことを考えながら、鴻子はがつがつとさしみも吸い物も米も平らげていく。

「犬のように食ってばかりですなあ」

監物が、鼻で笑ってきた。否定はしない。いや、鴻子自身も最初にエサを与えられた犬のようだと考えていたのだから、むしろ意見が合致しているのではないか。

「実に美味でござる。感動でござる」

そう鴻子が答えると、監物は少々戸惑った顔をした。怒りもせず、素直に返事してくるとは思わなかったのだろう。

「おお、そういえば酒がまだでござった」

特にそれにも構わず、鴻子は酒を手に取った。盃は「かわらけ」と呼ばれる素焼きの陶器だ。何だかでかいが、気にせず一息に飲み干す。

「うむ」

酒も中々だ。何かずば抜けた風味があるわけではないが、ほどほどに均整がとれている。

薄くしつこくなく、甘くなく辛くもなく――

「――む？」

ふと、鴻子は場の空気がおかしくなっていることに気づいた。誰も彼も、食べる手を止めている。

「なんと」

「これは、見た目に似合わぬ」

みな、一様に仰天している。何か、予想外のものを見たという感じである。次郎左でさえ、驚いた様子だ。

「大炊介殿、存外いける口でございますな」

隣の木工助にそんなことを言われ、ようやく鴻子は理解した。先ほどの一気飲みだ。

「はは。酒は割合好きでござりましてな」

確かに、いきなりのことだった。しょうゆうも吸い物も味が濃い目なせいか喉《のど》が渇いたので、水代わりに飲み干しただけのことだったのだが。

「お注ぎしましょうか？」

控えていた男性が、銚子を手に進み出てくる。

「ふむ？　ああ、ではよろしく」

そこまでおかわりが欲しいわけでもないのだが、まあくれるというのを断ることもあるまい。

「ふ、ふふ」

酒が注がれたところで、監物がいきなり笑い出した。

「まあ、最初の一杯を一気に飲むことは誰にでもできましょうなあ」

言って、ぐいぐいと自分の盃の酒を飲み干す。

「しかし、それもいつまで続きますやら」

どうだ、と言わんばかりに監物は鴻子を見てきた。

「はあ」

いつまで続くも何も、別に飲みまくるために飲んでいるのではない。先ほどは一気に飲んでしまったが、鴻子としては食事も酒も楽しむものだと思っている。というわけで、再び鴻子はさしみを頂くことにする。

「おや、もう終わりですかな」

すると、監物が挑発してくる。気にせず吸い物を含むと、

「これ以上飲むと、宴の終わりまでもたぬのでしょう」

今度はニヤニヤ男が嫌味を言ってくる。ゆっくり飯も食えない。

「致し方ないでござるな」

ふうと息をつくと、鴻子は再び酒を一気に飲み干した。

「次を頂いても」

そして、呆気《あつけ》にとられている男性におかわりを要求する。

「そちらも、いかがでござるか」

更に、監物を挑むような目で見た。

「ほう」

監物が、歯を剥《む》き出すようにして笑う。思った通りだ。武士だからなのか男は大体こうなのか知らないが、やつらはすぐに物事を勝負事にする。

「この高野監物に飲み比べを挑むとは」

言って、監物は酒を豪快に飲み干した。

鴻子はちらりと次郎左を見る。次郎左は、明らかに不満げな顔をしていた。あれだけ酒の飲み方に注意したのに、何をしているのかという感じなのだろう。

そんな次郎左に目で「大丈夫じゃ」と告げると、鴻子は次の一杯に口をつける。そう、大丈夫なのだ。割合、自信がある。

勝敗は、思ったよりも早く決した。いちいち数えていないが、何十杯目だかで監物は鴻子に屈した。

「う、むぅ」

監物は、呂律《ろれつ》の回らないうめき声を上げてその場に倒れ伏す。どしーんと大きな音が響いた。まあ大きな人間が勢いよくひっくり返ったのだから当たり前といえば当たり前だ。

「まさか」

「そんなバカな」

皆、一様に驚いている。おそらく、監物が冬松で一番の酒飲みなのだろう。

「さしみのおかわりは頂いてもよいか？」

特に構うこともなく、鴻子は平然とそう頼んだ。傍らには、壺《つぼ》のような形をした瓶子《へいし》という酒器がある。

鴻子は銚子でちまちま注ぐのが面倒になり、一抱えはあるこの瓶子から直《じか》に呑《の》んでいた。負けじとそれを真似した監物が、ああなってしまったというわけである。

「申し訳ございません。さしみはお出しした分だけでして。お吸い物でしたら、まだご用意できますが」

商人の男性が答えてくる。言葉こそ元々の丁寧さを保っているが、彼の表情にはなんだこいつ本当に酔ってないのかと疑う内心がびしばしと滲《にじ》みでていた。

「さようでござるか。ではそちらを。鯛《たい》の身を増やして頂けるとありがたいでござる」

「いや、大炊介殿。更に食べて、大丈夫なのですか」

おかわりの話を進める鴻子に、木工助がそう聞いてきた。えらく心配げだ。

「はは、不思議と酔わぬのでござるよ」

余裕綽々《しゃくしゃく》で笑いかけてみせると、一同の間に更なる驚嘆がさざめく。

当人としては、正直だからどうしたという感じである。たまたまそう生まれただけだ。

一応血を分けた存在であるはずの兄は一切飲めないのだから、運みたいなものだ。

「お、おのれエエ」

奇声と共に、ひっくり返っていた監物が起き上がった。ようやくゆっくり飯が食えると思ったのに、まだ何かあるのか。

「酒では、酒では後れをとったが、戦場ではこうはいかぬぞお」

ふらふらとした足取りで、監物が歩み寄ってくる。完全に出来上がってしまっている様子だ。負けず嫌いなのは分かったから、大人しく寝ていてほしい――

「面白い」

突然、次郎左がそんなことを言った。何だか、とても嫌な予感がする。

「大炊介の戦場での働きがどれ程のものか、わしにも興味がある」

見ると、次郎左はいつものあの笑顔を浮かべていた。

「監物、大炊介。互いに同じ数だけの足軽を率いて戦ってみよ」

あの、唇の端だけをつり上げる、邪悪な微笑みだ。

「この痴《し》れ者めがっ」

部屋に帰ってから、鴻子は次郎左に激しく抗議した。

「妾《わらわ》はいやじゃ。いやじゃぞ」

南蛮寝台の上で、手足をじたばたさせる。

「着替えるくらいは着替えよ」

そう言うと、次郎左は鴻子に背中を向けて文机《ふづくえ》の前に座り、書物を読み始める。

「服などどうでもよいわ。妙な取り決めなどしおってからに。うぬは何を考えておるか」

「乱れた天下や冬松の民の苦しみを思い、日々心を痛めておる」

「たわけたことをぬかすな。天下や民の暮らしに思いを馳《は》せる明君が、座輿で子供の石合戦の如きことを家臣にやらせるものか。ばか殿じゃ。ばか殿の所行じゃ」

「座輿ではない」

「座輿ではない？　では何か、男の格好をしている妾をいたぶって、それに悦《よろこ》びをおぼえているのか。おお、なんとねじ曲がった欲望か。気色の悪い」

「人聞きの悪いことをいうな」

ようやく、次郎左は鴻子の方を向いた。

「あのままでは、監物も引っ込みがつかなくなっていた。程よい落としどころを作らねば、果たし合いになりかねなかったのだぞ」

　その理屈は分かる。男という生き物は、勝ち負けや体面に異様なほどこだわる。それが武士という種族であれば尚更《なおさら》だ。その辺の事情を甘く見た鴻子が監物を飲みつぶしてしまったため、話がこじれたというのもまあ事実である。しかし、まだ納得はいかない。

「だからと言って、その解決法が戦ごっことはどういう理屈じゃ。落としどころとやらは、他にいくらでもあるじゃろうが」

「そちの力を見せる好機と思ったからだ。わしの右腕にふさわしいと知らしめるのに、これほどよい場面もない」

「そんな都合は知らぬ。うぬは妾に右腕になれとか謀《はかりごと》を巡らせろとか言ったが、戦場で兵を率いよとは言ってはおらぬ。なので戦はせぬ」

「屁理屈《へりくつ》をこねるな。武士の総領の右腕が戦をせぬ道理はあるまい。どうしてそのように兵を率いることを嫌がるのだ」

　それまで怒濤《どとう》の如く文句を浴びせかけていた鴻子は、初めて口をつぐんだ。

「――いやだからじゃ」

　ややあってから、ひどく感情的な一言を漏らす。致し方ないことだ。嫌なのは――理屈ではないのだから。

「なぜだ」

次郎左が聞いてくる。鴻子は何も答えず、寝具をがばりと被《かぶ》った。もう何も喋《しゃべ》らない。たとえ鈴をりんしゃん鳴らされようとも、一切返事もしてやるものか。

「何を黙っておる」

次郎左の声が、すぐ隣からした。こっちまで来たようだが、知ったことではない。何を言われても、全部無視だ。

「やれやれ。致し方ない。奥の手だな」

無駄なことを。何をしようが、何を出してこようが、鴻子の心は決して揺るがぬ――

「そちは、風呂《ふろ》に入りたくはないか」

鴻子は、思わず被っていた寝具をどける。寝台のすぐ脇に、次郎左がいた。顔を出すのは分かっていた――そう言わんばかりの、あの笑顔だった。


「悔しい」

鴻子は呻《うめ》き声を漏らした。

畳三枚くらいの空間に、鴻子はいた。四方の壁も床も木造で、天井はかなり低い。

鴻子の頬は赤く火照《ほて》り、肌には玉のような汗が浮かんでいた。外から吹き込んでくる蒸気が、この空間を熱で満たしているのだ。

「悔しいが、よい風呂じゃ」

すなわち、蒸し風呂である。何でも、以前の戦でここが三好軍の本陣になった時作られたものらしい。

蒸気のもたらす熱が、体中の強《こわ》ばり凝っていた部分をほぐしていく。今日は度々寒い思いをしたこともあり、なおのこと心地よい。

鴻子は蒸気に身を浸し、深く呼吸した。出《い》で立ちは、下着のような白い湯帷子《かたびら》一枚に、髪の毛を乱れないようにする湯帽子。とても薄着なのだが、まったく寒く感じない。体の内も外も熱されているのだ。

普段は流れるのを怠けている血が、全身を駆け巡っているのを感じる。隅々まで活力が行き渡るようだ。昼寝姫にあるまじき健康さである。

輿《こし》入れの道中や婚礼の前にも身を清めることは勿論《もちろん》あったが、それらは潔斎沐浴《もくよく》の類《たぐい》――要するに儀礼のために体を綺麗《きれい》にするだけのものだった。楽しみや癒《いや》しやくつろぎさえもたらしてくるこの風呂とは、比べようもない。

「次郎左、次郎左ぁ」

鴻子は、風呂の外に向けて声を掛けた。

「なんだ」

外から、次郎左が返事をしてくる。

「よい加減じゃ。この調子で頼むぞ」

鴻子は次郎左を褒めてやった。次郎左が、風呂の横にある釜舎《かまや》と呼ばれる場所で薪《まき》を燃やして湯を沸かし、木の樋《とい》を通じて風呂に蒸気を送り込んでいるのである。

何でも、もう遅いので侍女や下男にさせるのは悪いということらしい。その思いやりを普段から鴻子にも向けろという話ではあるが、まあこの心地よさに免じて大目に見る。

「姫君にお褒めの言葉を頂けるとは、これは恐悦至極」

次郎左は皮肉ったらしく返してきた。まったく、いちいち可愛げのないやつである。

「次郎左」

それはそれとして、少し聞くことがある。

「なんだ」

「うぬは、なぜ妾にこの地について何も教えなかったのじゃ。やれ戦場になることが多いとか、やれ家中が二つに割れているとか、驚き通しで疲れたわ。さては妾に断らせぬよう隠しておったか」

大目に見られることと、見られないことがある。この点については、問い質《ただ》しておかねばならない。

「そういうことではない。妙な見方を持たせてはならぬと思ったからだ」

淀《よど》みなく、次郎左が答えてくる。

「この地のことは、自分の目と耳で見聞きする。そちがそう言った時、いらぬことを吹き込まぬようにしようと決めたのだ」

「ふむ」

筋は通っているように聞こえる。騙《だま》して引き受けさせようとしたわけではない。鴻子の判断力を尊重したと、そういうことか。

「図書頭と木工助は、筑前殿がわざわざ選んでわしにつけてくれた寄騎《よりき》でな。皆、困難な状況ながらも務めに励んでくれておる。その点では、冬松側の三人も同様だ。冬松の地とそこに生きる民草のため、複雑な思いを抑えて働いておる」

次郎左が語る。

「家中が割れておるのは事実だ。わしへの信頼もそれぞれ差がある。しかし、一つにすることができれば間違いなく強い」

自信のこもった、力強い口調だ。

「ほう」

その言葉を、ゆっくり噛《か》み締める。命ぜられて来ただけなのに、全力を尽くす者たち。守るべき何かや誰かのために、屈辱に耐える者たち。そして、そんな家臣たちの努力と苦衷を慮《おもんぱか》る主君。

「――次郎左、のう次郎左」

「なんだ。あまり大きい声を出すな。人に次郎左呼ばわりが聞こえたら何とする」

「大丈夫じゃ、多分。それよりもじゃ。してやってもよいぞ」

「何をだ」

「戦ごっこに決まっておるじゃろう」

「ほう、そうか」

次郎左の声は、実に淡々としたものだった。

「なんじゃ。もっと嬉《うれ》しそうにせぬか」

ちょっと不満である。鴻子としては、それなりの決意の上での表明なのだ。あまりに平《へい》坦《たん》すぎる反応ではないか。

「喜んでおるぞ。熱い思いをして火に薪をくべた甲斐《かい》があったというものよ」

次郎左はそんなことを言うが、聞けば聞くほど嘘くさい。

「ふん、まあよい。さて、やると決めたからには話がいくつかある。心して聞けい」

蒸気を浴びながら考えた内容を、鴻子は伝えていく。

「まず、その戦ごっこはいつ頃行うつもりじゃ」

「触れ回る日数や準備も考えて、十日ほど先にしようかと考えておる」

「ならば、一日でも二日でも延ばしてくれ。時間はあればあるほどよい」

「そうはいかんな」

次郎左の答えは、木で鼻をくったようなものだった。

「どちらかが有利になるよう決め事をいじることはできぬぞ。たとえそちとて、贔屓《ひいき》するわけにはいかぬ」

「むう」

主《あるじ》としては正しいあり方なので、いまいち文句も言えない。

「分かった。では、妾と監物に割り振る足軽をすぐに決めよ。両方の分を一緒に決める限り、たとえ急いでも公平じゃ。文句はなかろ」

「うむ。戦い慣れた者を農民たちの中から集める。冬松の足軽や雑兵は農兵が主でな」

「では次じゃ。今日の料理を準備した、大笙屋といったか。あれはどういう連中じゃ」

「大笙屋又兵衛《またべえ》という第物の商人《あきんど》がいてな。主が代わる前から、この冬松と関係が深い」

鴻子は、櫓《やぐら》から見た港町のことを思い出す。あそこが、第物のはずだ。

「武具や馬具からわしらの服に至るまで、様々なものを用立ててもらっておる。婚礼の儀でも協力してもらったな」

「そうであったか」

婚礼の時のことを思い出す。なんやらかんやら用意されていたが、あれも大笙屋なる商人の仕事らしい。

「よく分かった。いわば冬松の御用達《ごようたし》じゃな。では、第物の他の商人を教えよ。大笙屋より小さく、また現在売り出し中な生きの良い商人を頼む。名前を教えるくらいなら、手助けのうちにも入らぬであろ」

「別に構わぬが」

次郎左の声に、怪訝《けげん》そうなものが混じる。

「それを知って、どうするというのだ」

「まあ色々じゃ」

「なんだ。そこまで言って隠すこともあるまい。教えぬか」

次郎左が食い下がってくるが、教えるつもりはない。理由は——特にない。強いて言えば意地悪である。少しくらい、困ればいいのだ。

「しかし風呂はええのう」

湯帷子で首元の汗を拭《ぬぐ》いながら、鴻子は適当な話を始める。

「温泉にも行きたくなってきたぞ。名湯だという有馬《ありま》の湯はどうじゃ。確か近くであろ」

「そう近くもない。有馬は山の中だ」

追及を諦《あきら》めたのか、次郎左は鴻子の他愛ない話に付き合ってきた。

「何か立派な宿があって、食事が出てくるわけでもない。滞在している間は、自分で飯を準備せねばならぬのだぞ」

「うぬがやればよい。右腕をいたわれ」

「どこの国に主に飯炊きをさせる右腕がおるか」

「風呂焚《た》きまではやっておる。もう一歩じゃ」

「風呂焚きも今回限りだ。甘えるな」

「――ふむ」

　鴻子はにんまりと笑った。

「さては、お主こそ甘えたいのじゃな？　よいのだぞ、入ってきても。薄い湯帷子一枚の妾《わらわ》が、たっぷり甘やかしてやるぞ。ついでに、妾の企ても教えてやってもよいしのう」

「まったく」

　そのまま、次郎左は喋らなくなった。どうも、風呂焚きに戻ったらしい。

「なんじゃ、つまらぬのう」

　ふんと鼻を鳴らすと、鴻子は思考を再開する。新たな閃《ひらめ》きが、次々に浮かんでくる。

　次郎左に話さなかった理由は、意地悪だけではない。今はまだ過程なのだ。形を持たせるには、あまりに早いし勿体《もったい》ない。もっといけるし、もっとできる。この感じは、実に久しぶりだ。風呂で血の巡りが良くなったせいか。それとも――

第二章　昼寝姫、鍛えぬ

冬松《とうまつ》を、噂が駆け巡っている。冬松一の猛将・高野監物《こうのけんもつ》と、最近現れた何某《なにがし》とかいう新参者がそれぞれ兵を率いて勝負をするというものだ。

なぜそうなったかについては、幾通りもの見解があった。高野監物が戦いを挑んだとか、いやいや新参者が挑発したのだとか、実は殿の側近による高野監物追い落としの陰謀らしいとか――。

冬松の集落で、近隣の村々で。事実に近いものからまったくかけ離れたものまで、種々雑多な「ここだけの話」が、尾ひれ背びれをなびかせて泳ぎ回る。それまでぼちぼち落ち着いていた冬松は、にわかに騒がしくなっていた。

「別に硬くならずともよい。気を楽に持て」

そんな周囲をよそに、何某こと福田《ふくだ》大炊介《おおいのすけ》こと鴻子《こうこ》は今日も顔合わせを行っていた。

「善介《ぜんすけ》に八右衛門《はちえもん》か。よろしく頼むぞ」

場所は、「福田大炊介の家」である。実際には次郎左《じろうざ》の部屋の南蛮寝台で寝起きしている鴻子だが、大炊介は大炊介で住む場所がないと不審がられてしまう。そこで、次郎左が用意したのだ。

いくつかの部屋に庭、厩《うまや》。いかにも普通の武士の住まいであるが、さほど質はよくない。建物は古びているし、庭は狭いのに太い松が植えてあって圧迫感がある。とはいえ雨漏り等はなさそうなので、鷹峯《たかがみね》家の屋敷よりは多少マシといえるかも知れない。

「へい、こちらこそよろしゅう」

「お願《ねが》えします」

顔合わせの相手は、足軽たちだった。

ひょろりと背が高く、その割に顔が角張っている善介と、ずんぐりむっくりを地で行く八右衛門。外見もそれぞれ際立っていて、割合覚えやすい。

「二人とも、柿《かき》ノ木《き》村の人間です」

横合いからそう説明してくれるのは、木工助《もくのすけ》だ。毎日の顔合わせに付き合ってくれているのである。

「冬松から少し離れたところで、いい村ですよ」

明るい彼は足軽たちにも屈託なく接し、いい雰囲気を作ってくれる。実に助けになる。

「柿ノ木村か。あそこからは、弥兵衛《やへえ》や作左衛門《さくざえもん》がわしの方に来てくれるのだったな」

そう言って、鴻子は笑った。

目下の相手なので、意図的に「わし」という言葉を使っている。少しでも威厳が出ればというのもあるが、何より公家《くげ》の娘では使えないような物言いで気に入っている。

「はい。皆、惣右衛門《そうえもん》ってお人のお屋敷の敷地ん中に住まわしてもらってまして、普段は惣右衛門様の田んぼをお借りして耕しております。戦になると、揃って足軽として馳《は》せ参じる次第です」

八右衛門が説明する。話に筋道が立っていて、物言いは淀みない。道理立ててものを考え、整理して話せる人間のようだ。

「そう、そう」

そんな八右衛門を見ながら、善介が頷《うなず》く。八右衛門とは対照的にのんびりしていて、大らかさを感じる。

「なるほどな。ところで、聞くところによるとこの地では年中作物を育てているそうだな」

鴻子は、他の足軽から聞いた話をぶつけてみる。

「左様です。稲と蕎麦《そば》と麦を順繰りで育てております」

「年に三度の刈り入れか。大したものだなあ」

鴻子は驚いてみせた。実のところ、この話は何度も聞いている。しかし、こちらにとっては何度も聞いた話でも、あちらには初めてする話だ。しっかり聞いてみせねばならない。

「いやあ、そんな」

善介がへへと笑い、

「水を入れたり抜いたりしやすいような仕掛けがあって、それでですよ」

八右衛門も、説明しつつ照れている。二人とも嬉しそうなのは、田畑《でんぱた》仕事に真剣に取り組んでいる証拠である。いい加減にしたことを褒められても、さほど嬉しいものではない。真剣に取り組んでいることを評価された時、人は喜ぶのだ。

鴻子は二人とあれこれ話す。田んぼの話でほぐれたのか、八右衛門も善介も口が滑らかになった。今年の天気は比較的よかったので作柄がとか、隣村の甚兵衛《じんべえ》の妹が別嬪《べっぴん》だとか、内容は他愛ないものばかりだ。

「しっかし、監物様の側じゃなくて良かったよなあ」

が、時に耳を惹《ひ》く話も混じるから油断できない。この辺は、深掘りしておく必要がありそうだ。

「いやいや、わしの方では苦労するぞ」

ひとまず控え目な態度を見せて、出方を窺《うかが》う。

「とんでもねえですよ」

二人とも必死で首を振った。何やら、よほど監物は避けたいらしい。

「監物殿は、調練に励んでおいでということでござったな」

傍らにいる木工助の方を向いて、鴻子は訊《たず》ねる。

「ええ、そうらしいです」

木工助は、やや複雑な表情で頷いた。

「戦場ではあんな頼りになるお人もいねえですが、普段は怖いですからねえ」

「朝から晩まで調練っていうのは、そりゃあ、ちょっと」

二人が、空恐ろしそうに言う。

「なるほどのお」

「監物が勝負に備えて兵を鍛えようとしている」という話について、鴻子は一つ推測を立てていたのだが、二人の言葉はそれを裏付けるものだった。よい話が聞けた。

「よし、よく分かった」

言って、鴻子は座っていた縁側から立ち上がる。

「二人とも、時間を取らせたな。とりあえずは帰って普段通りにしていてくれ」

二人を福田邸から送り出すと、鴻子は縁側から室内へ上がり、文机《ふづくえ》に向かった。文机の周りには、紙が散らかっている。冬松中からいらない紙をかき集めて、その裏に足軽たちの特徴を書き付けているのだ。今のところようやく半分近く済んだ、といったところである。残り六日。まあ何とか間に合いそうな感じだ。

「あの、大炊介殿」

硯《すずり》で墨をすっていると、庭から木工助が遠慮がちに話しかけてきた。

「よろしいのですか？」

「何がでござるか」

善介と八右衛門について書き留めながら、鴻子は返事をする。

「先ほどの者たちも申しておりましたが、監物殿は並びなき猛者《もさ》です。その監物殿が鍛えた兵を相手にするのは、大変かと。勇将の下に弱卒なし、ともいうではありませんか」

「勇将の下に弱卒なし」。いかにもお侍さんが好きそうな言葉である。まあ確かに、そういう側面は多少なりともあるだろう。しかし元々はとある詩の中に出てくる言葉だし、おまけにその詩を詠んだのは偉大な詩人にして立派な政治家だが戦場の将ではない。絶対の真理とまでは言えないのではないか。

「なるほど。木工助殿の仰《おつしや》ることも、一理ござるな」

しかし、その辺は胸に留めておく。話し合いの際に他人の意見を知識でねじ伏せるのは、あまり意味のあることではない。向こうの知らないことをこちらが知っている、ただそれだけの話だ。その知識を活用し相手を納得させ共通の認識を作ることで、初めて価値が生まれるのである。

「こちらも、準備するべきではございませんか？」

木工助が、そう提案してきた。木工助が「こちら」という表現を使ったのは、彼が副将扱いで鴻子側についているからである。

墨をする手を止めて、鴻子は思案する。木工助はいいやつだ。大して縁もゆかりもない「大炊介」のことを、親身になって心配してくれている。こちらも、自分が今やっていることの意味を説明すべきではないか。

一方で、別の考えも浮かぶ。昔読んだ兵法書に「指揮する者は威信がなくてはならない」みたいなくだりがあった。部下の将は指揮する者を畏怖《いふ》し、兵はその部下の将を畏怖する。そうやって一つになった軍は、敵を怖《おそ》れさせることができる――みたいな話だった。そういう大所高所に立ったやり方を模索するのも、ありではないか。

「木工助殿にだけお話しいたそう。戦は、もう済んでいるのでござる」

二つの発想をこね合わせたその結果を、鴻子は繰り出すことにした。

「な、何ですと?」

木工助が、当惑した様子を見せた。鴻子の言うことがよく分からないのだろう。

「こちらの勝ちが、見えたのでござる」

正直なところ、手応《てごた》えはまだ七割程度といったところだ。断言をするほどの確信は、まだない。

「監物殿が兵達に厳しく接すれば接するほど、我等は有利になるのでござるよ」

だが、威信を保つためには多少のはったりも必要だ。木工助に対して不義理にならない程度に内容を匂わせつつ、肝心な部分は伏せておく。

「あちらが厳しくすると、こちらが有利に？」

木工助は眉間《みけん》に皺《しわ》を寄せて考え込むが、ぴんとこないらしい。将が兵に厳しく接するのは、当たり前のことなのだろう。この辺り、やはりお侍さんである。

「大炊介殿、よろしいですか？」

そこで、図書頭《ずしよのかみ》が庭に現れた。いつも通り穏やかな笑みを浮かべた彼は、男性を一人連れている。

「殿の屋敷の方にこの者が来まして、大炊介殿にお会いしたいということなので連れてきたのです」

「おお、これはこれは。ご親切、痛み入るでござる」

鴻子が庭に降りようとすると、図書頭はいえいえと手を振った。

「わたしも今回は大炊介殿の副将。手足の如く使って下さればよいのです」

図書頭が笑う。そう、彼も次は副将として鴻子についてくれるのだ。若い木工助はともかく、年かさの彼は鴻子の下につけられることに不満を持ってもおかしくないのだが、まったく気にした様子もない。懐が深い人である。

「では、丸嶋屋《まるしまや》。こちらが、福田殿だ」

図書頭は、連れてきた男性の方を向いた。

「お初にお目にかかります。丸嶋屋角右衛門《かくえもん》と申します」

それまで待っていた男性が、一歩進み出て丁寧な礼をした。年の頃は、三十を回った辺りだろうか。

「この度はお声がけ、まことにありがとうございました」

にこやかに、丸嶋屋が挨拶《あいさつ》してくる。ぽっちゃりとしていて福々しいが、奥底には抜け目のなさが隠されている――そんな笑顔だ。油断は禁物だろう。

「散らかっているところで恐縮だが、まずは上がってくれ。よろしければ、お二方も」

鴻子は、丸嶋屋のみならず木工助や図書頭にも声を掛けると、部屋を片付け始めた。七割を十割に近づけられるかどうかは、これからの交渉次第だ。

「いえ、いえ、左様なことは」

丸嶋屋の福々しい笑顔は、結構早い段階で崩れた。

「無理を申しているのは百も承知。それでも、頼みたいのだ」

この反応は予想の範囲内である。怯《ひる》まず、鴻子は押しまくる。

「ああ、いえ」

言って、丸嶋屋は助けを求めるように木工助と図書頭に目を向けた。

「大炊介殿、さすがにそれは無茶というものではございませんか？」

木工助が遠慮がちにそう言えば、図書頭も頷く。両者ともに、表情に困惑が浮かんでいるのが見て取れた。これまた想定通りである。

「そもそも、こちらだけがそういうものを用意してよいのですか？」

図書頭が、そう聞いてくる。

「勿論《もちろん》でござる。武士ならばお分かりでござろう。戦というのは、蹴鞠《けまり》や流鏑馬《やぶさめ》ではござらぬ。双方が同じ条件でいざ尋常に戦いを始めるものではなく、我が方が有利になるよう絶えず手を尽くすものでござる」

「それはそうかも知れませぬが、しかし限度というものがありましょう」

今度は木工助が疑義を呈してくる。

「商人というのは、ものに値段をつけて売るのが生業《なりわい》です。それを無碍《むげ》にするかのような行いは、いかがなものかと」

実に真面目な意見だ。丸嶋屋が、よくぞ言ってくれたという顔をした。

「確かにその通り。しかし、無碍にするというのは大きな誤解でござる」

実のところ、鴻子の内心も丸嶋屋と同じだったりする。よくぞ言ってくれた。

――考えを披露するにあたって、適切な合いの手はよい抑揚を生み出す。歴史書や兵法書に人が対話する形式を取るものがしばしばあるのも、それが狙いである。自分では気づいていないだろうが、木工助は既に副将として大活躍しているのだ。

「ものの値段、すなわち価値というのは必ずしも銭金で勘定できるものとは限りませぬ。銭金が先にあり、その後に万物が生じたのではござらぬ。万物の価値を量る一つの手段として、不完全ながらも用いられているのが、銭金でござる」

「ほほう？」

図書頭が、身を乗り出してきた。鴻子の話に、興味を持ってくれたらしい。これまたありがたい。

「金を出すだけでは、買えぬものもある。そういうことでござる」

「はあ」

鴻子が図書頭に言った言葉を、丸嶋屋は得心のいかぬ表情で聞いている。

「ところで、丸嶋屋」

言って、鴻子は目の前に置いてあった箱に手をかけた。質素だが、つくりはしっかりした箱だ。丸嶋屋が持ってきた土産である。

「これを頂くぞ」

箱を開けてみると、中には柿が並べて入れられていた。形、色、ともに揃っていて美しい。

「これはよい柿だな」

「恐縮にございます。ご武人には勝栗をご用意しようかと思ったのですが、むしろ戦の度にお召し上がりでしょうし、何か違うものをと考え直しまして。どうぞ、お召し上がりくださいませ」

笑顔を取り戻した丸嶋屋が、そうすすめてくる。この辺はさすがの切り替えぶりだ。

「では、早速」

鴻子は柿を一つ手に取ると、皮ごとむしゃむしゃかじった。公家社会なら追放ものの所行だが、丸嶋屋も他の二人もそこまで奇異には思っていない様子だ。武家には武家の作法もあるだろうが、ある程度なら行儀の悪さも豪快さの表れということなのだろう。

「いやあ、これは実に美味だな。特に歯応えがよい」

それはさておき、よい柿である。しゃきしゃきとした食感で、噛《か》むことそれ自体に愉《たの》しみが生まれる。

「熟しすぎていないものを選びました。柿は熟すると甘味が増しますが、その分柔らかくなってしまいますから。お気に召したのなら、なによりでございます」

丸嶋屋が、頭を下げる。

「いや、見事見事。これほどまでに良い品を揃えられるとは、丸嶋屋は素晴らしい商人《あきんど》だな。なぜ大笙屋《おおしょうや》だけが冬松の取引を牛耳っているのだ？」

世間話の体で、鴻子はするりと核心近くに踏み込んだ。

「それは――」

丸嶋屋の顔に、一瞬だけ何かが閃《ひらめ》く。

おそらくは、悔しさ。あるいは、羨望《せんぼう》。いずれも人を激しく打ち据える類《たぐい》の感情である。

「――やはり、大笙屋様が良い商いをなされているからでしょう」

しかし、丸嶋屋はその迸《ほとばし》りを御して見せた。

「よい商い？」

そんな鴻子の問いに頷《うなず》く丸嶋屋は、もう元の福々しい笑顔の商人に戻っている。よく鍛えられている。

「商いというのは、信頼を基に行うもの。信じることが、全ての商いのよって立つところです。銭でものをやり取りできるのも、銭に価値があると皆が信じるからにございましょう？」

「確かにそうだな」

そう言って、木工助が腕を組んだ。誰が相手でもよい聞き役となる男だ。

「大笙屋様は、長きにわたって冬松の方々と取引なさっておられますが、その取引の一度一度ごとによい商いをなさったのでしょう。そうすることで、揺るぎない信頼を得られた。それが今に繋《つな》がるのです」

木工助の言葉を受けて、丸嶋屋が話す。

「なるほど、なるほど。商いを通じて得られる評判、それが一番大事ということか」

鴻子は頷いた。納得いく説明である。

「さようにございます」

丸嶋屋も同じように頷き返してくる。――よし、そろそろ飛び込むべき場面だろう。

「そこなのだ、丸嶋屋角右衛門」

丸嶋屋の目を見て、鴻子は切り出した。

「その評判を、今度の取引においてこちらから差し出すつもりだ」

「ははあ」

図書頭が、小声を漏らした。どうやら、鴻子の目論《もくろ》んでいることが分かったのだろう。

「評判、でございますか？」

一方丸嶋屋は、いまだよく飲み込めない様子だ。

「もし我が方が勝てば、丸嶋屋の名を大々的に知らしめる。勝てた大きな理由として、触れ回るのだ」

鴻子はいよいよ、本筋へと踏み込んだ。

「無論、『ただで揃えた』という噂ではない。あくまで、『箒物には大笙屋以外にもよい商人がいる』という評判へと繋がる形を目指す」

「はい」

丸嶋屋の目の光が、僅《わず》かに――しかし確実に変わる。

「結構な金額になることは承知している。しかし、それ以上の見返りが用意できるだろう」

鴻子がそう言うと、丸嶋屋が思案を始めた。その中身は分かるので、続けて踏み込む。

「万が一我々が負ければ、その時は『丸嶋屋の力を借りたのに負けた』わしが責めを受けるのみ。そちらに損はさせぬ」

丸嶋屋はすぐに答えない。頭の中で、損得を計算しているのだろう。

「――分かりました」

少ししてから、丸嶋屋は頷いた。

「そのお話、乗りましょう」


「いやあ、まさか商人に金を支払うことなくものを用意させるとは」

帰っていく丸嶋屋を家の外まで見送ると、木工助が感心したように言った。

「お二人のおかげでござるよ」

木工助と図書頭を見上げて、鴻子は笑う。

「それがし一人では、あちらも不安が勝ったはずでござる。冬松の地で重きを成すお二人が立ち会って下さっていたからこそ、決意ができたはずでござる」

信頼を重視する商人にとって、冬松の主君の側近といえる二人がいたことが決断の助けになったことは間違いない。どこの馬の骨とも知れぬ新顔だけで説得しても、難しかっただろう。

「我々副将を、早速見事に使いこなされましたな」

そう言って、図書頭が笑い返してきた。

「さて、これで条件はほぼ揃ったでござるな。後は相手の出方次第でござるが」

庭に戻りながら、鴻子は腕を組む。残りの足軽との顔合わせは、鴻子が昼寝返上で取り組めばまあこなせる。問題は相手――監物である。果たして、鴻子の想定の範囲内に納まってくれるだろうか。

「相手を知ることも戦には重要、といいますな」

庭へとついてきた図書頭がそう言い、木工助もうんうんと頷く。

「ですな。お二方、何卒《なにとぞ》『敵情』についてご教示願いたい」

言うと、鴻子はそこら辺に落ちていた木の枝を拾い、庭の地面に絵を描き始めた。監物の兜《かぶと》紋を簡単にしたものだ。

「おお、これはお上手」

覗《のぞ》き込んでいた木工助が、感心したように言う。

「ふふ」

少し得意になり、鴻子は反対側に木工助の鳥居紋と図書頭の家紋——閉じた扇を交差させ、それを丸で囲んだもの——も描いた。自分の分は面倒なので、某《それがし》とだけ字を書いておく。即席の陣立図のできあがりだ。

「これが我が方の陣容にござるな。智勇揃った布陣でござる」

おどけた口調で言ってみせる。

「はは。これは分かりやすいですな」

図書頭も、陣立図の傍にしゃがみ込んできた。

——絵には少しばかり自信がある。かつて文字が読めない者たちにあれこれ指示していたことがあって、その時に練習したのだ。

「監物殿は、お人柄通りの戦い方をなされるのでござるか？」

枝で兜を指しながら、鴻子は訊《たず》ねる。

「ええ。虎に素手で挑むような、大河を身一つで渡るかのような、そういう戦ぶりです」

図書頭がそう言えば、

「拙者も猪武者ゆえ人のことは申せませぬが、監物殿の猛進ぶりは途方もないものがありますな。あのこめかみの傷も、初陣で単身敵の中に斬り込んで負ったものだとか」

木工助も同意する。

「よく分かり申した」

監物については、長所も短所も印象通りと考えてよさそうだ。

「それでは、副将には誰がつくでござろうか」

後は、副将である。鴻子がこの二人の力を借りて交渉を上手《うま》く進められたように、監物も支える人間次第で変わる可能性はある。

「聞くところによると、孫太郎《まごたろう》殿のようですな」

図書頭が言う。

「ああ、あの」

鴻子の脳裏に、無骨で峻厳《しゅんげん》たる武士の面が浮かび上がってきた。

「なるほど、なるほど」

孫太郎の家紋を、兜紋の横に描く。どんなものかというと、なんと枝に咲く牡丹《ぼたん》の花である。これをあの無愛想な孫太郎が肩衣《かたぎぬ》につけて歩いているのだから、そぐわなすぎてかえって一発で覚えてしまう。確か花びらの描き込みが細かかったが、とても再現できないので適当にまとめる。

「監物殿より目上のようにお見受けいたしまするが」

描き上げてから、鴻子は首を傾げる。孫太郎は上座に座っていたし、彼の一声で監物も黙り込んだ。それなのに監物の下につくのは、やや不思議だ。

「ええ、その通りです。元々、孫太郎殿は冬松を領していた冬見田《とみた》家の家老でした」

木工助が言う。孫太郎は、家老——すなわち筆頭の家臣だったということらしい。

「しかし殿に仕えるようになってからは、あくまで一家臣であろうと努めているように見受けられます。形式上は冬見田の旧臣をまとめる立場にありますが、監物殿や他の方々にも同等の人間として接されていますね。だから、必要とあれば下につくことも厭《いと》わないのです」

「叛心《はんしん》がない、と示しておいでなのでしょうなあ」

図書頭が、陣立図を見ながら言う。

「冬見田の当主は誅殺《ちゅうさつ》され、家も断絶しました。もし不満を抱く者たちがもう一度集まるとしたら、担がれるのは彼ですからな」

口ぶりこそ変わらないが、言葉には穏やかならざるものがある。あの仏頂面の下には、色々な苦労があるようだ。新参者の鴻子には首の突っ込めない話題である。

「孫太郎殿は、戦場ではいかなる働きをなさるでござるか？」

人となりは大体分かったので、次は戦い方について訊ねてみる。

「武人、でしょうな。柔軟さには欠けますが、攻めてよし守ってよしの良将です。主《あるじ》の命にも決して背かぬ、剛直の士といえましょう」

図書頭が、丁寧に説明してくれた。

「ふむふむ」

彼の言う通りなら、良くも悪くも「輔佐《ほさ》役」ということである。一度副将となればその役割を果たすことに専念し、猪突猛進を止め立てたりはしないだろう。

「後一人は、おそらく橋元六七郎文雄《はしもとろくしちろうふみかつ》どのですな」

木工助が言う。

「ええと、どなたでしたかな」

名前を聞いても、ぴんとこない。そんな奴いたっけ、という感じである。

「年格好は拙者と同じくらいで、少し眼の細い」

「ああ、彼ですか」

ようやく思い当たった。いつも嫌みたらしくニヤニヤしている、あの男である。そんな名前だったのか。

「彼が、もう一人の副将でござるな」

家紋は『輪違い』だ。二つの輪を鎖のように繋げたもので、単純ながら見栄えのいい家紋である。しょうもなさそうな当人とは対照的だ。兜と牡丹の横に描き足しておく。

「――さて」

陣立図が完成した。眺めているうちに、鴻子の脳裏に一つの場面が浮かび上がる。同数の足軽が対峙《たいじ》する、そんな光景だ。

光景は目の前の陣立図と二重写しになり、様々に動く。一方が攻めたり、もう一方が攻めたり。それを時に早め、時に戻しながら、鴻子は様々な流れを「見て」いく。

——これをやると、疲れる。要するに、起こりうる流れを思いつく限り具体的に想像しているわけなのだが、普段より遥《はる》かに頭を使うのだ。もう二度とやることもないと、思っていたのだが。

「それがしは、自陣を主に注視するつもりでござる」

湧き上がりかけてきた感傷を振り払うように、鴻子は口を開いた。

「図書頭殿は、敵陣の動きに目を配って頂きたいでござる」

「承りました」

図書頭が笑顔で返してくる。

「木工助殿には、細かい下知《げじ》をお願いしたいでござる。恥ずかしながら、それがしの声は貴公ほど通りませぬ。貴公の大音声、お借りしたいのでござる」

「御意」

少しばかり大仰に、木工助が答えてくる。二人とも心強い。

「あてがわれただけの場所でも全力を尽くす」。彼らを評した、次郎左の言葉が甦《よみがえ》る。それだけ、誠実だということだ。末世というべき今において、得難い人材である。こうして一緒に何かに取り組んでみると、そのことがよく分かる――

「――む」

ふとあることに思い当たり、鴻子はむくれた。この二人の真価を理解させること、それ自体も次郎左の狙いだった可能性がある。全てが、奴の手の平の上なのかもしれない。

「すいません、又五郎《またごろう》です」

外から、そんな声がした。次の足軽がやってきたようだ。

「さて、続きでござるな」

鴻子は気を取り直す。この勝負に乗った時のように驚かせてやろう。手の平の上にいるなら、指先まで行って爪と指の間を突いてやるのだ。

「――むう」

一通りやることを終えて、鴻子は縁側にひっくり返った。仰向《あおむ》けになり、足をだらしなく投げ出す。図書頭も木工助も帰って、鴻子一人である。最低限の行儀さえ気にする必要はない。

監物と「手合わせ」することに決まってから、毎日こうだ。一日中頭を使い、沢山の人と会うということは、とてもくたびれる。一日中ごろごろして、誰とも会わずに過ごす日々をずっと繰り返していたので尚更《なおさら》だ。

懐かしい疲労である。数え切れないほどの発想を検討し、練り上げた考えに基づいて誰かと話す。相手に応じて伝え方や喋《しゃべ》り方を工夫し、刻々と移りゆく状況に細かく対応しながら、できるだけよい結果を目指して模索を積み重ねていく。そんな作業に従事した時にだけ生まれる、複雑で、そしてどこか——

「福田様、福田様」

声がする。福田とは誰じゃと思ったら、そう言えば鴻子の変名である。

辺りを見ると、景色が赤みがかっている。いつの間にか、うとうとしていたようだ。

「いらっしゃいますか」

再び声がかかる。ぼんやり声の主を思い出そうとするが、全く浮かんでこない。寝ぼけてしまっていて、さっぱり頭が回っていない。体を起こすのがやっとだ。

「入って良いぞ」

面倒になってそう言うと、小太りの男性が姿を見せた。

「ああ、さてはお休みでしたか。これは失礼しました」

丸嶋屋である。走りでもしたのか、もう寒くなり始める頃合いなのに額に汗が浮かんでいる。

「構わぬ。何用じゃ？」

「ええ。旅から旅の日々を経て、最近冬松にいらしたとのことですが、となるとお旗などはお持ちではございませんよね？」

「うむ」

旗も何も、そもそもそういう武将道具的なものは何一つ持っていない。

「はい、はい。そうでいらっしゃいますよね。でしたらご用意しますよ。折角のご縁でございますし、お金は頂きませんので。先ほどお伝えせねばならないところ、すっかり忘れておりまして、慌てて戻って参りました」

丸嶋屋が言う。なるほど、汗を掻《か》いていたのはそういうことか。

「左様か。では頼む」

ただでくれるというのなら、それに越したことはない。わざわざ戻ってまで言ってくれたのだし、断ることもないだろう。

「承知いたしました。それではご家紋をお教え下さいませ」

「むう」

家紋は面倒だ。説明しづらい、複雑な模様なのである。

「変わり浮線綾《ふせんりょう》唐花《からはな》やら何やら、呼び方は色々あるがのう。五つ割唐花に唐花、といった感じじゃ」

よっこらせと立ち上がると、木の枝を拾って絵を描き始める。

「唐花はの、花びらが五枚のこんな花じゃ」

ぼけっとしている割に、上手《うま》く描けた。

「桜によく似ておりますね」

丸嶋屋が、しゃがみ込んでくる。

「うむ。桜は花びらの先に切れ込みが入っておるが、唐花は逆に突き出しておる」

「なるほど。いやあ、しかしお上手ですね」

「まあの」

あくび交じりに、鴻子は絵を描き続ける。

「そしてこの唐花の周りを、上半分に割った五つの唐花で取り囲むのじゃ。割った唐花の花びらのてっぺんが、中央の花びらの突き出た部分とそれぞれ向き合うような形での。ちなみに、ただ半分に割るだけではない。外側を、一つの円を描くようにするのじゃ」

そうすると、平らなものに描いた線なのに、実際に手に取れるもののように見えてくる。鞠《まり》を横から見ているかのような感じだ。

「ほう、これは何とも面白いですな。雅《みやび》な佇《たたず》まいがあると申しますか」

丸嶋屋が何度も頷《うなず》く。商売用の追従ではなく、割と真面目に感心しているようだ。

「五つ割唐花に、唐花。なるほど、よく分かりました。すぐに仕上げて、先だってのご注文と一緒にお届けします」

「うむ。くるしゅうないぞ」

「それでは、今後ともどうぞよしなに」

丸嶋屋は、丁寧に何度も頭を下げながら出ていく。

「そろそろ日が落ちる。気をつけるのじゃぞ」

その背中に声を掛けると、再び鴻子は縁側に寝転がった。

「むう、寒いのお」

やはり、日が落ちると冷える。こんなところで寝るより、次郎左の部屋に戻って南蛮寝台で寝よう。そもそも、あの寝台で寝るためになんのかんのと面倒なことに取り組んでいるのだ。使わなければ本末転倒というものである。


「帰ったか」

夕闇に紛れて人目を盗み部屋に帰ると、そこには次郎左がいた。まだ日は暮れきっていないのに蠟燭《ろうそく》をつけて、何やら読んでいる。

「最近、足軽たちと話をしているようだな」

文机《ふづくえ》から顔を上げた次郎左が、そんなことを訊《たず》ねてきた。

「おう、準備じゃ」

端的な返事を投げつけると、鴻子はすたすた隣にある南蛮寝台を目指す。

「足軽と話すのが好きなのか？」

「そんなわけがなかろ」

次郎左の言葉を言下に否定すると、寝台に転がった。

「足軽が好きな公家《くげ》がおるものか。何かある度に家に火を付けられたり障子に至るまで奪われたりするのじゃぞ。不倶戴天《ふぐたいてん》じゃ、不倶戴天」

ここ百年近く、京で足軽といえば昼間から出没する強盗と変わりない。

「では、なぜわざわざ一人一人話しているのだ」

一方、次郎左はいつも通りに淡々とした口ぶりである。

「そうするのが必要と考えておるからじゃ。そもそも、今会ってる冬松の連中に何か略奪されたわけでもないしの」

「なるほどな。なぜ必要か聞きたいところだが、それは本番に見せてもらうこととしよう。——ところでだ、義兄上《あにうえ》から文が届いていたぞ」

「文が？」

まだ鴻子が冬松に来て間もないのに、いきなり書状を送りつけてきたらしい。一体何事なのか。

「わしあてにも、文と歌を下さった。流石は歌道の家の当主、見事な詠みぶりであるな。

くれぐれもそちをよろしく頼む、必要な助力は何でもするとのことだ」

言って、次郎左は再び文机に目を落とす。読んでいるのは、あの兄からの文らしい。

「兄上は、妾《わらわ》を構い過ぎじゃ」

鴻子は呆《あき》れる。公家の娘といえば系図では「女子」「女子」とばかり書かれ、名前さえ分からなくなったりするのに、まったく違う。

そう言えば、兄は婚礼にも参加しようとしていた。婚礼に嫁の側の家族が列席することはないのが当たり前であるにもかかわらずだ。鴻子が途中で寝ないか監視するためだろうなどと思っていたが、単に気にかけてのことだったのかもしれない。

「妹思いの素晴らしい兄君ではないか」

しれっと次郎左が言う。

「それだけ思われている妹に、無理難題を押しつけているのはどこのどいつじゃ。とりあえず、妾の分の文をよこせ」

「ならぬ」

次郎左は鴻子の要求を撥《は》ね付けた。

「自分で取りにこい。兄上の真心が篭《こ》もった御文だ。疎かに扱ってはならぬ」

「仕方ないのう」

よっこらせと体を起こすと、鴻子は寝台から降りる。

文机の上に、細長い文箱が二つあった。いずれの文箱も、鷹峯の家紋がついている。一つの唐花の周囲を、半分に割った五つの唐花が取り囲むという紋様だ。

「──あ」

鴻子は固まる。やってしまった。寝ぼけていて、鷹峯の紋をそのまま答えてしまった。

「なんだ」

様子がおかしいことに気づいたか、次郎左が顔を上げて聞いてくる。

「ううむ」

鴻子は、冬松に来て初めてではないかというくらいに言い淀《よど》んだのだった。

──この紋所は、後々「福田唐花」としてその名を轟《とどろ》かせることとなる。しかし、初めに世に出たのはこんな程度の成り行きであった。

勝負が行われるのは、冬松の西にある川の川原だった。近くにあまり人が住んでおらず、また田畑があるわけでもなく、広々とした空間が手つかずになっているので、大人数が動き回るには丁度いいということらしい。

普段は人もあまり通らない静かな場所なのだろうが、今回は足軽に加えて見物人も集まり、結構な賑《にぎ》わいぶりである。

「しかし、何もこんな朝からやらずともと思うのでござるがなあ」

鴻子はふわあとあくびをして言った。いつも通りの格好で、折り畳んで持ち運べる武将用の椅子――床几《しょうぎ》に腰を下ろしている。

空は秋晴れで、時折風が吹きつけてくる。少し肌寒いが、動き回る人間にはこのくらいが丁度いいかもしれない。

左手に目をやると、川が見える。名は、向川《むこうがわ》というらしい。川幅が広いこと、そして川原にあまり草木が育っていないことから、一度雨が続けばすぐに溢《あふ》れかえり手に負えなくなるだろうと容易に推測がつく。

実に恐ろしげな川だが、今この瞬間は穏やかであり、波立つ水面《みなも》に日光をちらちら煌《きら》めかせていた。災いとは程遠い眺めだが、まあ川も海も山もえてしてこうだ。普段は平和で、何百年も何千年も変わりないだろうと思わせるような姿を見せておいて、ある日突然凶暴な姿へと変じ、無力な人間たちを容赦なく叩《たた》きのめすのである。

「随分と余裕でいらっしゃいますな」

ぼんやり自然の恐ろしさについて考えを巡らせていると、木工助が声を掛けてきた。

「いよいよ本番だというのに、さっぱり緊張していらっしゃらないご様子。よほどの自信がおありでしょうか」

同じように床几に腰掛けた彼は、やや不安げである。

「いかにも。勝敗というのは、実際に戦いが行われる前に決まっているものでござる。それがしが今あくびしたことによって、戦の趨勢《すうせい》に多大な影響がもたらされたりはいたしませぬ。ご心配なきよう」

昨日鴻子は、次郎左の文机を奪って夜遅くまであれこれ準備をしていた。眠いのも、昼寝姫が朝から起きているからだとかそういうわけではないのである。

「なるほど」

不承不承、といった様子で木工助はそう言った。

「しかし、本当に大丈夫ですかなあ」

そして、辺りに目を向ける。

「しっかし、いよいよ当日だな」

「俺《おら》ぁ、腹減ったよ。朝飯食って来りゃあよかった」

「ちゃんと食ってこいよ。途中で目ぇ回ったらどうすんだ」

周囲では、大勢の足軽たちがめいめい何やかやと喋《しゃべ》っていた。いずれも、槍《やり》を持っている。穂先は取り外されているので、ただの棒と呼んだ方が近いかも知れないが。

「かかあが手を抜けってうるせえんだよな。こんなことで怪我したら馬鹿みてえだ、野良仕事どうすんだって」

「負けるよりは勝った方がいいけどよ、勝っても何か奪えるわけじゃねえしなあ」

会話の内容からして、あまり士気は高くなさそうである。寝転がる者、あくびをする者。とてもこれから戦うようには見えない。

「どいつもこいつも、やる気がまったくありませんぞ」

なので、木工助が小声でそんなことを言ってきたのも、無理からぬところだろう。

「いやあ、左様でござるなあ」

想定の範囲内ではあるが、とりあえず鴻子はそう苦笑してみせた。こうなってくるとなにもしないわけにもいかないので、聞こえた二、三の愚痴に釘《くぎ》を刺しておく。

「こら、又衛門《またえもん》。聞こえておるぞ。かかあを言い訳にして怠けるでない。本物の槍で突き合うわけでもないのだ、滅多なことでは怪我はせぬ。

藤七《とうしち》もだ。奪うとか奪わないとかではない。山賊かお主は。乱取り目当てだけで戦に出るな」

名前を出された足軽たちはひえっと首を竦《すく》め、周囲が腹を抱えて笑った。多分もうちょっと露骨というか下品な言い回しの方が更に効果はあるのだろうが、いざ言おうとしても中々浮かばないものである。男の群れにおいて効果的な語彙《ごい》や表現というやつも、学んでおくべきかもしれない。

「大炊介殿のお叱りに、恐縮しておりますな」

図書頭が、おかしそうに言う。彼にも床几は用意されているのだが、座らずに立っていた。

「大炊介殿が仰《おっしゃ》ったお言葉を疑うわけではございませぬ」

笑顔の図書頭に対して、木工助は浮かない顔のままだ。兵法の理論的には彼を畏怖《いふ》させないといけないのだが、難しいものだ。

「しかし、本当に勝てるのですか。監物殿は、あれほどに仕上げておいでですぞ」

木工助が、正面を指し示す。

少し離れた所に、ずらりと足軽が並んでいた。服装は皆農民の普段着だが、槍を地面に立て直立不動でいる。その前に立った監物が、怒声を浴びせるようにして訓示か何かを行っていた。

「あの統制の取れた姿。短期間でこれだけ鍛え上げるとは、実に恐るべきことでは」

木工助が、心配そうに言う。

「ふむ」

鴻子はすぐに答えず、ただ観察した。監物の様子、足軽たちの様子。何を考えているか、どう感じているか。それをしっかり見極めていく。

「ふむではございませぬぞ。今からでも、足軽たちに厳しく接してですな――」

「福田様、福田様はいらっしゃいますか」

木工助の小言は、上ずった声に遮られた。

「どうも、すっかり遅くなりました」

丸嶋屋である。汗をびっしょりかき、ふうふうと荒い息をついている。またも必死で走ってきたらしい。

「お待たせいたしました。ご依頼の品々、全て揃いました」

「おう、ご苦労であったな」

鴻子は笑顔でねぎらう。丸嶋屋の一生懸命さは、ちょっとわざとらしくもあるが不快ではない。

「お配りしても、ようございますか？」

向かい側の監物軍を見ながら、丸嶋屋が心配そうに訊《たず》ねてくる。

「うむ。殿にはお伝えしてある。わしが自分で引っ張ってきたものなのだから、構わぬということだそうだ」

「承知しました」

丸嶋屋は振り返ると、そこにいた人々へ声を掛ける。

「こちらの方々に、品をお渡ししてくれ」

物腰は柔らかいままだが、それまでの慇懃《いんぎん》な商い人とはまた別の横顔が見える。人の上に立ち差配する、主《あるじ》の姿だ。

「へいっ」

威勢の良い掛け声が、それに応《こた》える。大きな箱を担いだり背負ったりした人々である。沢山の荷駄を引いてもいる。男性が多めで、女性も結構いる。皆、丸嶋屋の人間だろう。

彼ら彼女は、持ってきた箱を開き中身を出す。

「——ほう」

それまでぶちぶちと不安を口にしていた木工助が、目を見開く。

「これはよいものを」

箱から出てきたのは、腹当て——足軽用の鎧《よろい》だ。形こそ揃っていないが、どれも真新しい輝きを放っている。かき集めてきたのだろう。

「皆様の分ございますので、順にお渡しして参ります。鉢巻きもございますので、あわせてお受け取りを」

「着け方は普通のものと同じです。分からない方、手伝ってほしい方はお声がけを」

無駄のない動きで、丸嶋屋の使用人たちが腹当てを配っていく。

「我が方の足軽よりも、よほど鍛えられておりますなあ」

木工助が、元の悲観的な物言いに戻っている。まあ、実際商人たちはとても手際がいい。一朝一夕で身につくようなものではない。日頃から、頑張って働いているのだろう。

「大炊介様、是非ご確認頂きたいものが」

汗を拭《ふ》き拭き、丸嶋屋が話しかけてきた。

「こちらです」

彼が指し示したのは、鴻子たちのすぐ後ろだった。使用人の一団が、大きな布や杭《くい》のような木を運んでくる。

使用人たちは、それらを組み立て始める。出来上がったのは——

「おお、陣幕か」

思わず、鴻子は声を出して立ち上がった。

陣幕。戦場で軍議やらなにやらをする時に張られている、あの幕だ。

「伺ったご家紋を基に用意しました」

丸嶋屋が言う。確かに、鷹峯の家紋が染め抜かれている。

「もう一つ、こちらもお収め下さい」

丸嶋屋は、何やらうちわのようなものを渡してきた。

「ほほう軍配ではないか」

黒地でしっかりした質感。手にしてみると、ずっしり重い。次郎左の頭を叩いたら倒せそうなほどだ。

表面には、金色で鷹峯の家紋が施されていたりもする。何とも細かい気配りだ。

「実にありがたいことでござる」

鴻子は手放しで感謝した。意図してのことではないだろうが、陣幕も軍配も鴻子の狙いに大変合致している。

「よい軍配でございますなあ」

木工助が、軍配を見て言う。少し羨《うらや》ましそうだ。

「しかし、何とも面白い紋所ですな。平らな面に線で描いたものなのに、なぜか奥行きを感じるというか」

陣幕を見ながら、図書頭がそんなことを言った。木工助もうんうんと頷《うなず》く。

——二人は、これが鷹峯の家紋だとは知らない。元の家から夫の家に『嫁入り』する形なので、女性側の家紋というのはさほど重視されないためである。あの文箱《ふばこ》を見られたりしたら別だが、そうでもない限り大丈夫なはずだ。

ちなみに、送られてきた文には「寝てばかりいないで部屋から出ろ」という旨のことが書かれていた。鴻子が夫から右腕になれと言われて男の格好で歩き回っているなどとは、夢にも思っていないに違いない。知った途端に衝撃のあまり毎日悪夢にうなされかねないので、永遠に知らないままでいるのが幸せだろう。

家紋の合致について知る唯一の人物・次郎左は、離れたところにいた。鴻子から見て斜め右側、川と向かい合う位置にいる。鴻子軍と監物軍の、丁度中間辺りだ。

次郎左は、仏頂面で床几《しょうぎ》に座っていた。周囲には家臣が控えていて、陣太鼓も用意されている。太鼓は上に輪がついていて、そこに長い棒を通して二人で担いでいるのだが、見るからに重そうで可哀想だ。使わない時はそこら辺に転がしておけばいいと思うのだが。

彼も周りも普段通りの出で立《い》ち《た》で、特に陣幕なども張っていない。設《しつら》えの豪華さでいうなら、今や鴻子軍が一番になってしまっている。

時折、次郎左は両軍の様子に目をやる。いつも通りの雰囲気である。「うっかり鷹峯の家紋を話してしまった」と白状した時にはかなり怒っていたし、文机を貸してくれた時も相当不機嫌そうだったが、もう引きずってはいないようだ。

「福田様。ご注文の品、皆様に行き渡りましてございます」

商人の一人が、声を掛けてきた。

「おお、ご苦労」

視線を戻すと、足軽たちは皆新品の腹当てを身につけていた。誰も彼も、慣れないものに目を白黒させている。――「効果」はありそうだ。

「さて、それでは始めるでござるよ」

鴻子は床几から立ち上がった。

「木工助殿、厳しめに号令をかけて頂きたいでござる」

「はあ」

木工助は怪訝《けげん》そうな顔で自分も立ち上がり、足軽たちに呼びかけた。

「者ども、並べぇい！」

さすが武士、という大声である。川原中に声が響き、丸嶋屋たちはどきりとした様子を見せ、次郎左もこちらを向き、未《いま》だに訓示を続けていた監物さえ振り返ってきた。

そして、足軽たちの反応は更に大きなものだった。足軽たちが、互いの顔を見ながらではあるが、整列を始めたのだ。

監物側のように、一糸乱れぬ感じではない。一列ずつの数もまちまちだし、一人一人の間隔も適当だ。しかし、先ほどまでの弛緩《しかん》しきっていた感じとは明らかに違っていた。

「なっ、なんと」

指示を出した木工助の方が戸惑っている。まあ無理もない。だらだらとしていた足軽たちが、それなりに統率の取れた集団へと生まれ変わり始めているからだ。

「さて、ここからはそれがしが」

木工助に会釈をすると、鴻子は足軽たちの前に進み出た。立ち位置を少し変え、後ろの陣幕の家紋が足軽たちの目に入るようにする。

「これから、お前たちは戦う。戦うと言っても刃引きをした槍《やり》だし、相手は同じ冬松周りの村の人間だ。調練のようなものだが、それでも戦いは戦い。お前たちは、これより兵《つわもの》となる」

兵、という部分に力を込めた。すると、足軽たちの背筋が少し伸びる。

「わしと取井木工助《とりい》・平内図書頭《ひらうち》の両名が、お前たちの将だ。我々の指揮に従って動くように」

足軽たちの表情に、迷いはない。将の顔触れに文句はないということだ。頃合いよしと見て、鴻子は次の段階へ踏み込む。

「野良仕事の途中でこんなことに駆り出されて、迷惑だと思っている者もいるだろう」

多数の足軽たちが目を逸《そ》らす。図星ということだ。

「その気持ちはよく分かる。だからわしは――」

いよいよ、核心だ。ここからが、最後の総仕上げである。防具も、一人一人と話したのも、全てはこの部分の下準備だ。

「――わしは、殿に勝った側の人間に褒美を出すよう掛け合うつもりでおる」

ぐっ、と。足軽たちの空気が変わった。目にぎらついた光が宿り、槍を握る手に力が入る。全員だ。これまではあまり変化がなかった者たちさえ、様相が一変している。

「無論、勝てなければ意味はない。負けた側が褒美を出せと言って聞かれるはずもない」

手応えを感じながら、鴻子は話を続ける。

「勝つ準備はしてきた。防具も揃えたし、種々の計略も用意した。しかし実際に戦うのはお前たちだ。お前たち全員が、指示に従ってしっかり戦わねば勝つことはできない」

そこで鴻子は言葉を切り、一同を見回した。

「これから、お前たちが指示に従って戦える兵であるかどうかを試す。簡単なことだ。わしの呼びかけに『おう』と答えろ。よいな？」

少し待つ。

「お、おう」

正面にいた数人が、中途半端に返事をした。

「そんなことでは勝てないぞ。もう一度」

どんどん促していく。

「おう」

「小さい、小さい」

「おうっ」

「もっとだ！」

「応！」

全員の声が揃う。揃った声は、そのまま武器となり盾となる。敵を圧して動きを鈍らせ、味方を繋《つな》いで互いを守りあう。鬨《とき》の声《こえ》は、単なる景気づけではないのだ。

「よし、いいぞ」

鴻子は力強く頷いてみせると、ここぞとばかりに軍配を振るった。

「これから、組分けを伝える」

足軽たちが、直立する。顎《あご》を上げ、背筋を伸ばす。

「今から伝える人間同士で組んで、戦え。同じ組の人間と一緒に行動し、助け合うのだ。危ない目に遭っていたら、身を挺《てい》して助けろ。自分が危ない目に遭えば、遠慮せず助けてくれと頼め」

鴻子の注意を、足軽たちは真剣な面持ちで傾聴する。鴻子は心の中で笑う。完成だ。

「助右衛門《すけえもん》、行友村《ゆきともむら》の彦太郎《ひこたろう》、新五郎《しんごろう》。これで一つ」

そして、一人一人の顔を見ながら名前を呼んでいく。

「応！」

呼ばれた三名は、促されずとも返事をした。

「与三次郎《よさじろう》、次郎兵衛《じろべえ》、八松村《はちまつむら》の彦太郎。これで一つ。弥太郎《やたろう》、三太夫《さんだゆう》――」

――話して受けた印象、人間関係、性格上の相性。それらを突き合わせ、一番いい組み合わせを考えたものだ。

人間が大勢いれば、合う相手も合わない相手もいる。前から仲が悪かったり、因縁があったりするなんてこともあるだろう。それら全てを見抜くことは無理だが、できる限りの組み合わせは導き出した。

「八右衛門《はちえもん》、善介《ぜんすけ》、甚兵衛《じんべえ》。これで一つ。又衛門、藤七。これで一つ――」

書き付けの類《たぐい》は持ってきていない。全て頭に叩《たた》き込んである。思い出そうとする手間は挟まず次々に読み上げ、しっかり全員のことを覚えているると知らしめる。

「——大嶋《おおしま》村の五郎次郎《ごろじろう》。これで一つ。以上だ」

組分けの発表を終えると、鴻子は木工助の方を見やる。

「細かい指示は木工助殿を通じて出すが、それ以外は、お前たちに任せる。好きなように戦え」

「応！」

木工助まで返事してきた。別にそこまでは求めていないのだが、まあいいだろう。

「えい、えい、おう」

監物側から、掛け声が聞こえてくる。こちらに負けじとやっているのだろうが、それはつまりこちらが先手を取ったということだ。

「なに、怖《おそ》れることはない。声を聞けば分かる。我々の方が明らかに上回っておる。さあ、勝って褒美を頂くぞ」

「応！」

再び足軽たちが叫ぶように返答し、相手側は掛け声を途中でやめてしまった。完全に、こちらが呑《の》んでいる。

「わしからは以上だ。始まるまで、各々《おのおの》気を抜かぬ程度に休んでおれ」

そう言って、鴻子は一旦《いったん》解散させた。足軽たちは組分けに従って集まり、三々五々喋《しゃべ》り始める。先ほどの弛緩した空気とは打って変わって、緊張感を持って行動している。

「いや、凄《すご》いですな。先ほどまではやる気のない駄犬の群れの如き有様でしたのに、今や一人一人が狼のようではありませぬか」

木工助が、感嘆も露《あら》わにそう言った。

「心の持ちようを変えたのでござる」

鴻子は、仕掛けを少しばかり明かすことにする。

「人の心というものは、働きかけ次第で如何様《いかよう》にも形を変えるものでござる。水を思い浮かべれば、よくお分かり頂けましょう。丸い器に入れれば丸い形になり、四角い器に入れれば四角くなる。そのように、人は環境次第で良い人間にもなれば悪い人間にもなるわけで、同様に足軽たちもちょっとしたことで惰弱《だじゃく》にもなれば勇猛にもなるのでござる」

「なるほど」

木工助が、真面目な顔で頷く。

「今回のことで言えば、新しく質の良い防具が『器』となったのでござる。立派な腹当てをつけ、鉢巻きを巻き、周りの人間も同じ格好をしている。そんな状況で声を合わせて返事をすれば、いつの間にやら精強な兵の気分になってしまうというわけでござるな」

陣幕や軍配がありがたかったのも、このためである。家紋付きの陣幕が張り巡らされていたり、将が軍配を振るったりしていれば、より「立派な雰囲気」が醸成されるのだ。

「直接話して顔と名前を覚えていらしたのも、そのためですな」

図書頭が言った。

「自分が大勢の中の名も無き一人であればついつい手を抜きたくなるものですが、顔と名前を知られていると中々そうもいきませぬからな」

「ふふ」

鴻子は笑った。図書頭はいつも飲み込みがいい。この頭の切れをもって、次郎左の寄騎に選ばれたのだろう。

「まあ、誰とも知らぬ人間に指図されて戦えとか声を出せとか言われても、中々やる気にはならないものでござるからな」

結局そこだ。将と兵だろうと、つまるところ人対人の付き合いである。個々の人間として尊重しようという姿勢を見せられれば、多少は頑張ろうかという気にもなるのだ。

――どん、どん。太鼓が鳴らされた。

「これより、調練を相始め候」

次郎左の傍らに立った家臣が、大声で告げる。今時書状以外で「ナニヤラで候」もどうかと思うが、それはさておき調練という扱いらしい。

まあ、そういう明確な建前も必要だろう。さもないと、家臣同士が兵を率いて私闘を繰り広げたみたいな噂に姿を変えて広まりかねない。

鴻子側の足軽たちが、言われなくとも立ち上がった。手にした槍を構え、無駄なお喋りもせず相手方を睨《にら》み据えている。戦意は十分、といったところだ。

「各々勇を奮い、武を競う由、次郎左衛門様より仰せ付けられ候。この仰せの儀、各々相守るべく――」

「木工助殿」

候文《そうろうぶん》の長い口上が終わる前に、鴻子は木工助に呼びかけた。

「かかれの一声も、木工助殿にお願いしたいでござる」

女としては低く張りのある声をしている鴻子だが、戦場での大呼には限界がある。これはやはり、常からでかい声でやり取りしている人間に任せるのが一番だ。

「しかと承った」

木工助がにやりと笑う。普段の脳天気さとは異なる、戦いに臨む者の顔だ。足軽たちの気合いが、移り染まっている。

「――にて候」

ようやく候が終わった。辺りがしんと静まり返る。足軽たちも見物人も、一言も発さない。張り裂けそうな、緊張感。

――どくん、どくん。鴻子の心臓が高鳴る。辺りの視界が明確になり、思考が刃物のように研ぎ澄まされていく。久しく味わっていなかった感覚。もう二度と、味わうこともあるまいと思っていた感覚。

「いざ！」

合図がかかり、太鼓が連打される。

「かかれぇい！」

その太鼓にも負けぬ木工助の大音声が響き、足軽たちは鬨の声と共に突進を始めた。

そう、突進である。全員が、怯《ひる》むことなく突き進んでいるのだ。

相手の足軽たちも、一斉に進んでいる。訓練の賜物か、とても統制の取れた動きだ。しかし、勢いが圧倒的に足りない。こちら側が堤を切って氾濫《はんらん》した濁流とすれば、あちらは老いた茶人の打ち水だ。まったく比べものにならない。

「御免」

図書頭が駆け出す。立ち位置を変え、斜めから監物たちの動きを見るためだろう。

双方の距離があっという間に縮まり、そして――激突する。

「おおっ」

木工助が目を見開いた。ぶつかった瞬間、趨勢《すうせい》が決したのだ。

こちら側の足軽の槍《やり》が、次から次へと相手側の足軽を打ち据える。武芸とか武技とか、そういう上等なものは存在しない。力任せの、打撃である。

何百何千と集めてぶつかる実際の合戦なら、隙間無く槍を並べて一斉にどうのこうのみたいな戦術が必要になるだろう。しかし今回は川原での乱戦である。とりあえず走る。とにかく殴る。それでいいのだ。

機能しているのは、ただ組分けだけである。常に複数名で、協力しあって相手に向かっている。勿論《もちろん》洗練とは程遠い。しょっちゅう呼吸が合わなかったり、味方を殴りそうになったりしている。ただ、そこから揉《も》め事《ごと》に発展することはない。しっかり、相手を見ている。

見物人が騒ぎ始めた。喚声が上がり、野次が飛ぶ。

流れは完全にこちらである。勝てると思った者はより大胆に攻めるし、負けると感じた者はひたすら逃げ腰で己を守ろうとするものだ。放っておいても決着はつくだろう。

——しかし、まだ。納得いかないところがある。

「木工助どの」

戦況を見据えたまま、鴻子は木工助に声をかけた。

「あそこの二人、又衛門と藤七がいるでござろう」

武器さえ捨てて逃げ回る一人を、ひたすら追い回している二人組がいる。初め頃、グチグチと文句を言っていたあの二人だ。

「やめさせて、あの辺りで打ち合っている者たちに加勢させて欲しいでござる」

相手方で、一番前で踏みとどまり果敢に抵抗している者たちがいる。腕に覚えがあるのか、あるいは単に殴り合いが好きなのか。いずれにせよ必死に戦っており、こちら側も手を焼いている。

「又衛門、藤七！　追い回すのをやめよ！　そこに加勢せい！」

木工助の声が、喚声を突き抜けて二人を打ち据える。両名共にびくりとして振り返り、それから慌てて木工助の指し示す方へと向かい出した。追い回されていた相手方の人間は、やれ助かったとばかりに逃げていく。

一方、踏みとどまっている者たちはまだ奮戦していたが、又衛門と藤七二人が加勢することで状況は変わった。こちら側が優勢になり、一気に攻め立てていく。

結局のところ、戦いは力よりも数だ。一対一で面と向かっていざ勝負という風にでもならない限り、最終的に多い方が勝つ。万夫不当という言い回しがあるが、本当に一万人相手に一人で立ち向かえる人間などいない。

ついに、相手方が崩れた。奮戦していた者たちが後退し、更に戦況がこちらの有利へと傾く。

「おお、采配《さいはい》がぴたりと決まりましたな」

木工助が目を輝かせた。

「者ども怯《ひる》むな！　今の通り、大炊介殿の指揮は実にお見事。従っていれば勝てるぞ！」

そして、鴻子の指示を待たずに足軽たちを煽《あお》り立てる。

「応！」

足軽たちも、すぐにそれに応《こた》えた。木工助が鴻子に信頼を抱き、それが足軽たちに伝わる。畏怖《いふ》させるというのとはちょっと違うが、これはこれで上手《うま》く作用している。

「あそこで手を抜いているのは、甚五《じんご》でござるな。叱咤《しった》をお願いするでござる」

「左の三人、弥兵衛と宗三郎《そうざぶろう》と伝右衛門《でんえもん》に、もっと外から回り込むように動くように伝えて頂きたいでござる」

「前に、そのまま前に」

次々に指示を出し、木工助が叫んで伝える。足軽たちがそれに合わせて動き、戦場の姿が描き上げられていく。

そんな一連の流れが、心を浮き立たせる。全身に活力を漲《みなぎ》らせる。この――高揚感。

「大炊介殿ォ」

図書頭が叫んだ。結構離れた位置にいるのだが、その声はよく通る。さすがは武士だ。

「あちらが、一旦退《ひ》いて立て直そうとしておりますぞオ」

「木工助どの、仕上げにござる。突撃の指示を」

鴻子は即座に判断を下した。ここが最後の詰めだ。

「心得た」

頷《うなず》くと、木工助は胸を反らすようにして叫ぶ。

「者ども、突っ込めぃ！」

その声に背中を押されるようにして、足軽たちは一斉に駆け出した。


「両名ともに、大儀であった」

床几《しょうぎ》に座った次郎左が、並んで膝《ひざ》を突く鴻子と監物に声を掛けた。鴻子たちの後ろには、家臣の面々や戦い終わった足軽たちが控えている。

「はっ」

鴻子は、頭を下げた。ちらりと横の監物の様子を窺《うかが》うと、蒼白《そうはく》な顔で目を見開いていた。明らかに茫然自失《ぼうぜんじしつ》の体だ。ここまで憔悴《しょうすい》されると、なんだか可哀想になってくる。

「大炊介。実に見事な采配であった。褒めてつかわす」

「勿体《もったい》なきお言葉」

改めて頭を下げながら、鴻子は笑いをこらえる。何しろ、次郎左がまじめくさって鴻子を褒めているのだ。可笑《おか》しくて仕方ない。

「いかなる秘策を用いてこの結果を導いたか。是非ともわしや皆《みな》に説き明かしてくれ」

鴻子は口を閉ざし、しばし考える。

周囲が、鴻子の言葉を待っているのが伝わってくる。目覚ましい結果を出したことにより、認識が劇的に変わったようだ。

「秘策、というほどのことではござりませぬ」

ややあってから、鴻子は口を開いた。

「――戦とは始まる前に勝敗が決まっているもの、あるいは決めるべきものでござる。勝つ者は勝利できると確信してから戦いに臨み、負ける者は戦い始めてから勝ちを求めるのでござる。今回の調練、それがしは万全の準備をいたしたのでござる」

直接的に、種を明かす。もうここまでくれば、工夫も必要ないだろう。

「まず、第物《だいもつ》にいる丸嶋屋という優れた商人の力を借りて防具を揃え、足軽たちに『自分は兵《つわもの》である』という意識を持たせたのでござる。それは自信に繋《つな》がり、足軽たちに勢いが生まれ申す。その勢いが我が方の最大の武器となったのでござる。

風林火山の教えには『侵掠《しんりゃく》することは火の如く』というくだりがござるが、まさしくあれでござるな。ひとたび炎が燃え広がれば、誰にも押しとどめることはかないませぬ」

――自分でたとえに引いておいてなんだが、これは少なからず苦い。「とどめようもなく広がっていく炎の恐ろしさ」は、まさしく胸に焼き付いているからだ。

「ただ勢いだけで勝てるものか？　その物言いであれば、勝つと信じて突っ込めば、どれほど僅《わずか》かな兵でも敵の大軍を圧倒できることになるぞ」

次郎左が疑問をぶつけてきた。

「無論、その通りでござる」

気を取り直して、鴻子は話を続ける。

「気合いと信念で戦に勝てるというのは、絵空事の夢物語でござるからな。それがしが勢いを強調しておるのは、調練の条件がまったく同一だったからでござる。ならば、勢いのある方が勝つのでござる」

「であれば、監物のように鍛えるという手もあろう。一人一人の足軽が強くなれば、最初の条件が同じでも自《おの》ずと差が出るのでは？」

「そもそも、短い間で鍛えたとて急に強くなるものではござらぬ。怯まず進み、望んで戦う者を前にしてはとても敵《かな》わぬのでござる」

次郎左の指摘に、鴻子は首を振ってみせる。

「そこで、足軽の一人一人と繋がりを持つことにしたのでござる。自分の名前と顔を覚えてくれている人と、ただ苦役を命じてくる人。どちらのためにより力を尽くせるかといえば、やはり親しく近く感じる相手でござろう」

この辺はもう少し厳しい表現を使うつもりだったが、死人のような今の監物を更に鞭打《むちう》つのは流石に気が引けるので、加減しておく。

「なるほど、よく分かった」

泰然とした態度で次郎左が頷く。――しかし、そうやって他人事《ひとごと》のような顔をしていられるのもこれまでだ。

「おそれながら。このことは我等のような将のみならず、人の上に立つ殿にも当てはまることでござる」

辺りの空気が、静けさはそのままに変質する。傾聴から、緊張へと。やれやれ、という感じである。この様子だと、今から鴻子がしようとしていることはこれまでほとんど試みられていなかったようだ。

「ほう。それはいかなる故にか。話してみよ」

次郎左が、促してくる。

「それがしの力を試すべく、兵を率いさせる。その機会を与えて頂いたことには、大変感謝しております る。しかし、かき集められた足軽たちにとってはまた違うはずでござる」

鴻子がしようとしていること。それは、諫言《かんげん》だ。直接、次郎左を諫《いさ》めるのである。

「話を聞けば、年に三回も収穫があるとのこと。それでは民たちは閑《ひま》もなく農事が続いているはず。この調練自体が、重い負担でござる。どうぞ、そのことをお考え合わせ頂きますよう」

具体的に、どうしろとまでは指図しない。後は、次郎左次第だ。

次郎左は、すぐに答えなかった。鴻子からも目を外し、俯《うつむ》き気味で思案している。

ところで、妙に視線を感じる。ちらりと見やると、凄《すご》い顔をした木工助がいた。察するに、「突然何を仰《おつしや》るのか。衆目の前で殿に恥をかかせるようなことを」と言ったところだろう。

「──うむ」

次郎左が呟《つぶや》いたので、視線を戻す。──恥をかくか、面目を保つか。そこも、次郎左次第だ。すべては、次郎左自身の判断にかかっている。

「今回の調練は、大変得るところの多いものであった」

次郎左は床几から立ち上がり、辺りを見回す。

「これも、真剣に戦ってくれた足軽たちのおかげである。本分である農事以外のことを強いたことは、言ってみればこちら側の都合。まことに苦労を掛けた。よって勝った側には銭で褒美をとらせ、敗れた側にも相応の謝礼を出すこととする。また、ねぎらいの酒と食事も馳走《ちそう》しよう」

どうやら、正しい判断を下せたようだった。

「いやあ、福田様のお言葉を信じてよかったと心から思います」

丸嶋屋が、何度も礼を言ってきた。

「なあに、持ちつ持たれつだ。ただ働きをさせた値打ちがあって、それがしも胸を撫《な》で下ろしておる」

鴻子は、それに笑顔を返した。

丸嶋屋が何に感謝しているのかというと、「丸嶋屋という立派な商人がいる」という噂が早速冬松の武士たちに広まり、注文が相次いでいるのだ。直属の臣下の防具を揃いで仕立ててくれとか、馬印を新調したいとか。中には、自分の甲冑《かっちゅう》について丸嶋屋に相談を持ちかける者もいた。いずれも、ただ足軽の胸当てを揃えるよりも遥《はる》かに実入りがよいはずだ。もう既に大きな儲《もう》けが出ているに違いない。

「汁物も、実に美味《うま》い」

鴻子は、持っていた椀《わん》を少し掲げて見せる。

このねぎらいの料理も、丸嶋屋が用意した。第物まで使いを飛ばして、すぐに用意させたのだ。色々な材料をがっと煮込んだ汁物で、いかにも大勢にまとめて振る舞うための料理だが、これが中々よい味なのである。

「いえいえ、簡単な料理でお恥ずかしい限りです」

そう言いながらも丸嶋屋はホクホク顔だ。料理の代金は次郎左が出しているわけで、これも丸嶋屋にとっては商いだ。簡単な料理といえど相当な人数分を作ったので――次郎左は気前良く見物人にまで振る舞っているのだ――これまた結構な利益が出ただろう。

「おや、お盃《さかずき》が空に」

地べたに座った鴻子の傍らを見て、丸嶋屋が言った。そこには、空の盃が置いてある。

「どうぞ」

丸嶋屋は、銚子《ちょうし》で酒を勧めてきた。

「これはどうも」

盃を差し出して受けると、一気に飲み干す。

「おお、いい飲みっぷりで」

丸嶋屋が褒めそやすように言った。実際、派手に呷《あお》ったと思う。そこまで酔ってもいないのだが、自分でも不思議である。妙に、美味く感じる。

「丸嶋屋は、どこにおるのか」

野太い声が聞こえてきた。また新たな「客」のようだ。

「それでは、失礼します」

満面の笑みで会釈すると、丸嶋屋は呼ばれた方へと小走りで向かっていった。

「よろしいですかな」

すると、入れ違いに声が掛けられた。

「おや、これは」

鴻子は立ち上がる。無骨武人の孫太郎と、ニヤニヤ男の六七郎である。孫太郎はいつも通りぶっきらぼうな面構えだが、六七郎の顔からはいやらしい笑みは消えていた。緊張した表情で、唇をぐっと引き結んでいる。

「いえいえ、お座り下さい。楽にして頂ければ」

孫太郎がそう言ってくる。中々判断に困るが、折角そう言ってくれているのだからということで座り直す。

「数々のご無礼、何卒お許し願いたく」

六七郎が、口を開いた。

「福田殿をお迎えすることに、わたしは反対しました。すると殿は仰ったのです。『大きな山は、どんな土でも取り込むから大きくなった。大河は、どんな水も残さず呑《の》み込むから大河となった』と。先ほどの腕比べで、そのお言葉の意味が分かったように思います」

そして硬い表情のまま、頭を下げる。

「どうぞ、お気になさらず。今後とも、よろしくお願いするでござる」

鴻子の答えに、六七郎はほっと表情を緩める。鴻子は、六七郎が若いことに気づいた。木工助よりも年下に見える。皮肉めかした笑みが、彼を変に老けさせていたのだろう。

「実に、お見事でありました」

続いて、孫太郎が話し始める。

「先ほど殿になさっていたご説明、深く胸に落ちるものがありました。まさしく、戦巧者の言葉かと。監物にも、頭が冷えたら教えを請うよう言っております」

「いやあ」

そう褒められると、困ってしまう。殿方から、戦達者と言われようとは。

「今思えば、監物殿が鍛えたことも無意味ではなかったという気がするのでござる」

何だかむずむずするので、鴻子は喋《しゃべ》り始めた。

「不利な中でも、踏みとどまって戦う者がおりました。たとえ調練であっても、いや調練だからこそ、ただの足軽にできることにはござらぬ。監物殿のなさりようにも、利点はあったのだなと」

「いえ」

照れ隠しもあるが、しかしそれだけではない。言っていることに、誇張や嘘はない。損得を抜きにして戦う兵士を作り上げる。鴻子のやり方では、決してできないことだ。

孫太郎の返答は、単純明快だった。

「戦は、勝つか負けるか。勝てば正しく、負ければ誤り。調練とて、戦を模したものであれば同じこと」

「――ふむ」

武士の理論だ。明快で、はっきりきっぱりしていて、そして息苦しい。

「ですから、是非大炊介殿に教えて頂きたい。なぜあなたは勝ち、我々が負けたのかを。先ほど殿の前では、全てを話されてはおられないご様子でした」

孫太郎がそんなことを言った。彼の目に、追従や世辞の色はない。真剣に、一回り以上年の違う鴻子に教えを請うている。

「——左様でござるか」

ただ役目を忠実にこなすだけの人間、という評価は改めなければならないようだ。この孫太郎は、常に眼前のものから学び自分の糧にしようとしている。常に進歩し、己を改めていく人間である。

「僭越《せんえつ》ながら、あえて申し上げますれば」

鴻子は、口を開いた。こうなっては、真剣に答えないといけない。

「物事に、絶対に正しい答えはないというのがそれがしの考えでござる。勝った側にも幾ばくかの問題は常に存在し、敗れた側にも取るべき所がいくつかは見出《みいだ》せるもの。勝った理由、負けた原因をただ見るのではなく、両者の良し悪しを広く見渡し、拾い上げていくのがよいのではござらぬか」

孫太郎は、すぐに答えなかった。ふと、鴻子は木工助の話を思い出す。彼は、孫太郎がかつてこの地を治めていた領主の家老を務めていたと言っていた。勝つか、負けるか。彼の言葉には、表面的な意味合い以上の何かが込められているのかもしれない。

「中々、難しいですな。大本の考え方から見直さねばならぬと」

やがて、孫太郎は苦笑いした。初めて見た彼の笑顔は、ひどく人間的だった。

「しかし、その価値はあるようにも思えまする。ゆるりと、向き合うことといたそう」

孫太郎が言った。六七郎も頷《うなず》いている。鴻子の言葉は、彼らの心に響いたようだった。

「それがしも、まだまだ青二才でござる。孫太郎どのから教えを受けることもきっとありましょう。その時は、何卒《なにとぞ》」

立ち上がって、鴻子は頭を下げる。自分でも不思議だ。こんなに素直に、何かが言えるとは。

「盛り上がっているようだな」

ふと、そんな声がした。次郎左だ。手に盃を持っている。

「わしも、大炊介と少し話したいのう」

次郎左が言った。やんわりと人払いをしているようだ。

「ははっ」

それを察した孫太郎たちは、軽く頭を下げて離れていった。

「改めて、大儀であった」

次郎左は、鴻子の隣に座ってくる。

「ふん。難儀であったわ」

次郎左のねぎらいを、鴻子はつっけんどんに突っ返してやった。周囲に誰もいないので、物言いもござるっぽいものから元のものへ戻している。

「なんだ。無愛想だな」

にこりともせずにそう言うと、次郎左は扇を取り出して開いた。扇に描かれた家紋がこちらを向いてくる。何だか、紋に挨拶《あいさつ》されたかのような気分だ。やっぱりどこか剽《ひょう》げた——すなわちおどけた雰囲気がある。扇を持っている人間が仏頂面なので、ちぐはぐだ。

「先ほどのことだがな、わしに聞かせろ。孫太郎が聞いていたのとは別の部分だ。勝ち負けではない、もっと深いところだ」

次郎左はぱたぱたと自分の顔を扇《あお》ぐ。よく見ると、顔が結構赤い。夕焼けと入り混じってはっきり分からないが、割と酔っているのだろうか。

「深いところ？　調練に駆り出された足軽たちがどれだけ苦労したかという話か？」

「それは分かっておる。軽率であったのは認める。あまりいじめるな」

次郎左が顔をしかめる。雰囲気が、何だかいつもより軽い。やはり酔っているのかもしれない。

「わしが聞きたいのは、お主が言っていた双方の差の話よ。言いたいことはよく分かった。しかし、そこに思い当たったのはなぜだ。どういう過程で、その考えに至ったのだ」

次郎左が、鴻子を見てきた。姿勢が少し崩れている。そこで初めて、鴻子は彼がいついかなる時もぴんと良い姿勢を保っていたことに気づいた。あぐらをかいても、床几《しょうぎ》に腰掛けても。立っても歩いても、君主としての威儀をいつも次郎左は保っていたのだ。

「昔、書物をあれこれ読んだことがあった。その中身を思い出し、今回の状況に合うよう手を加えたのじゃ」

少しだけ、鴻子は真面目に答えた。

――あまり、過去の話はしたくない。しかし、主君という重圧を肩から下ろしたように見える次郎左に、何だか親しみを覚えたのだ。一人分以上の重圧に一人で耐えることは、時として辛《つら》いものである。そのことを、鴻子はよく知っている。

「それだけか？　本当にそれだけか？　他にあるのではないのか？」

次郎左はというと、しつこく迫ってくる。やはり相当に酔っている。しかも面倒くさい酔い方だ。宴会の時はこうではなかったが、あの時はあまり呑んでいなかったのだろう。

「秘訣《ひけつ》を教えて盗まれるとえらそうな昼寝姫ができなくなるから、隠しておるのではないのか？　んん？」

「ええい、調子に乗りおって」

せっかく親しみを持ってやったのに、まったくこいつときたら。そう言えば、監物も酔うと更に難儀だった。武士の男というのは、誰も彼もこんな風に――

「――そうじゃな」

ふと、鴻子は思い当たった。

「妾《わらわ》が、武士の男ではないからかもしれぬな」

「どういうことだ」

扇をぱたぱたやりながら、次郎左が聞いてくる。

「うぬらは、相手よりも強くなることで、勝とうとしてはおらぬか」

鴻子は両手を後ろについて体重を預け、その姿勢で話す。

「勝つということは強さの証明で、負けるということは弱さの表れだと、そう考えてはおらぬか。うぬら武士の男は自身や兵を鍛えたり、武具防具を揃えたり、権力や権威を得たり、あらゆる手段で強くなろうとする。弱さを全て否定しようとする。そうしなければならないという呪いをかけられているように見える」

女にも似たような面はある。しかし、男たちのそれはひどく極端だ。武士とは、男とは、生まれつきそういうものなのか。あるいは、周囲から強いられているうちにそうなってしまうのか。

「力を得ることには代償が伴い、得た力を保つことには負担が伴う。遂にはその力によって斃《たお》れてしまうこともしばしばじゃ」

強大な力が均衡を保ち得ず崩壊の危機に瀕《ひん》するという事例は、枚挙にいとまがない。内紛を起こし、あるいは分裂し、遂には滅びてしまうのだ。

「なるほど」

さっきまでの鬱陶《うっとう》しさはどこへやら、次郎左は神妙な顔つきで聞いている。

「勢いが重要というのも、兵法書に書かれている基本じゃ。強くなって相手に勝つことばかり考えておるから、忘れてしまっておるのではないか」

「善《よ》く戦う者は、これを勢《せい》に求めて、人に責《もと》めず——か。言われてみれば、その通りだ」

次郎左が兵法書を暗唱する。酔ってはいるが、頭が曇ってはいないようだ。

「ところでだな」

——いや、やはり曇っているのではないか。

「あれを見よ、あれを」

——いきなり次郎左は、ぐいと体を寄せてきたのだ。

「こりゃ、やめぬか。主従が妙に近いと、妙な誤解を招くぞ」

鴻子は身をよじる。ただでさえ、福田大炊介は次郎左が自分で連れてきた「お気に入り」である。必要以上に接近しては、どんな風に受け取られるやら。

「よい、よい」

次郎左は、二人の口元を隠すように扇を掲げた。ひそひそ話でもするかのようだ。

家紋が描かれているのとは反対の、いつも次郎左の方を向いている側が顔の前に広がる。

そちらの面を見たのは、初めてだ。

滑らかに崩した仮名で、何やら書きつけられている。和歌のようだ。兄が詠んだものだろうか。

「分からぬか？」

鴻子がそれを読むより先に、次郎左は扇の位置を変えた。要《かなめ》に近い骨の部分を、鴻子の目の前に持ってくる。奇妙なものを見たりする時に、公家《くげ》はこうして覗《のぞ》き見る。——さっきから、次郎左の仕草が変に雅《みやび》だ。彼なりにふざけているのだろうか。だとしたら実に下手である。遊びの類《たぐい》は苦手なようだ。そんな側面を見るのも、初めてだ。

「あれよ、あれ」

次郎左は扇の角度を変え始めた。仕方ないのでお公家ごっこに付き合い、顔を動かしてやる。

扇が止まる。視線の先には、木工助がいた。鴻子たちから離れたところで、仁王立ちしている。——ふんどし一丁で。

「ぶっ」

奇妙ということはなく、むしろ中々良い体をしている。いや、そういう話ではない。

「たわけが。あんなものを見せて、何を喜んでおる。嫌がらせか」

鴻子はそっぽを向いた。別に男の裸を見慣れていないわけではない。公家でもない限り、少し暑くなれば男共はすぐ脱ぐものだ。酒で酔っても同じことだろう。しかし、今まで親しくしていた人間がいきなりふんどし一丁になっていたらさすがに戸惑ってしまう。

「まあ、別に木工助の裸を見せたいわけではない。ほれ、もう少し見ろ」

次郎左が促してくる。仕方ないので顔を戻し、もう一度扇の骨の隙間を覗いてみる。すっかり酔っているらしい木工助は、一人の若者を捕まえてきた。誰かと思ったら六七郎である。じたばたもがいていた六七郎だが、ついに諦《あきら》めたのか服を脱いで、木工助と肩を組んで歌を歌い始めた。

そこに、鴻子側の足軽が続々と加わる。監物側で奮戦していた足軽たちも、駆け寄ってくる。図書頭までやってきた。誰も彼もふんどし姿である。そこまでして脱がなくてもいいと思うのだが、みな楽しそうだ。肩を組み、歌の節に合わせて左右に揺れ、周囲は手拍子を打つ。

「宴《うたげ》は縁を繋《つな》ぐものだと思っている」

ふと、次郎左がそんなことを言う。

「何かを為した後は特にそうだ。同じことに取り組み、それから同じものを飲み食いすることで、一人一人の縁が鎖の如く連なっていくのではないだろうか。無論、無理強いはできんがな。望んで加わり、楽しむことが前提だ」

「ふむ」

「そちを歓迎する宴は今一つだったが、今回は上手《うま》くいったように感じる」

ふんどし軍団の様子を眺めながら、次郎左は目を細める。

ふと、鴻子は彼が酔っている理由が分かったような気がした。嬉《うれ》しいのかもしれない。

ずっと、冬松の家中は二つに分かれていたという。しかし、目の前で繰り広げられている光景に、分断の気配はない。

「しかし、まぼろしやも知れぬぞ」

鴻子はそう言った。視線の先では、気分が悪くなったらしい木工助が両手で口元を押さえる。周りの人間は我先にと逃げ出し、ふんどし軍団は瓦解《がかい》の憂き目を見た。

「歴史を振り返ってみれば、分かることじゃ。一丸となって敵と戦った者たちは、その敵を打ち倒した後で反目し合う。血を分けた兄弟が仲違《なかたが》いし、苦難を乗り越えてきた君臣が疑い合うのじゃ。――いつかは、終わるものなのかもしれんぞ」

「まぼろしを追って何が悪い」

次郎左が、むきになった。

「物事はどう始めるかが大事なのだ。考えてもみよ。毎日毎日、新しい一日が始まるのだぞ。ならば、終わることよりも始めることを考えるべきであろう」

青臭い理屈だ。しかし、鴻子の耳には意外なほど快く響いた。

――自分も、かつて何かを始めようと志したことがあった。次郎左ほど、前向きなものではないけれど。懐かしく、そして切ない思い出が、次郎左の言葉と重なり合う。

「少し、話しすぎた」

次郎左は、ばつが悪そうに背中を向けた。

「いや、妾も嫌味がすぎた」

口にしてから、鴻子はふと気づく。次郎左に素直に謝ったのは、初めてかも知れない。自分も、宴の空気に当てられてしまったのだろうか。

次郎左の背中を見る。大体、普段の彼はいつもこうだ。背中越しに話してくる。

「そう言えば、そちへの褒美がまだだったな」

今回も同じである。しかし、一方で何か違っても見える。

「妾は昼寝姫じゃぞ。昼寝を所望する」

そんな背中に、鴻子は微笑みを投げかけたのだった。


「──なるほどな」

その男は、畳の上に坐《ざ》していた。肩衣《かたぎぬ》に袴《はかま》。鼻の下に髭《ひげ》を蓄え、見事な月代《さかやき》を作っている。体つきはがっちりとしていて、手はごつごつとしている。武士の佇《たたず》まいである。

齢は三十を越えた辺り。まだ、将としては若い部類に属する。

「新たな何者かは、端倪《たんげい》すべからざる存在であるか」

しかし、その目にも言葉にも、歴戦の猛者《もさ》のみが持つある種の凄味が宿っていた。

彼の前には、家臣たちが居並んでいる。いずれも、甘さのない厳しい顔つきだ。幾度となく死地をくぐり抜けてきたことを、無言の内に語っている。

「忍びのもたらした情報は、確かなものと考えまする。ここは攻めるべきかと」

家臣の一人が、意見を述べた。

「朽木谷《くちきだに》におわす公方様《くぼうさま》より、三好《みよし》討つべしとの命を拝しております。我々のみならず、近隣の諸国に秘密裡《ひみつり》に呼びかけているとのこと。乗らぬ手はございませぬぞ」

別の家臣も、それに同調する。

「そうだな。――三好と和議を結んだとはいえ、攻める手立てが無くもあるまい」

男の目に、ぎらりとした光が映ずる。

「誇り高き飯丹《いいたみ》は、三好に飼われる犬どもとは違うということを思い知らせてやろう」

第三章　昼寝姫、休めぬ

何でこんなことをしているのか、という思いがある。

「まあ、そうかっかするでないぞ」

鴻子《こうこ》は、田んぼの畦道《あぜみち》にいた。肩衣姿である。

「もう一度、互いの言い分を冷静に突き合わせてみようではないか。冷静に」

肩衣の胸や首の後ろには、例のややこしい唐花紋がついていた。あの日以降商いが上手くいっているらしい丸嶋屋《まるしまや》が、お礼にと仕立ててくれたのだ。

寸法を測らせて欲しいと言われたのは固辞したのだが（言うまでもなく女だとばれてしまうからだ）、そのせいであまり合っていない。ちょっと大きすぎる。

「元々の決まりは、杭《くい》のこちら側のものは冬松《とうまつ》、そちら側はそちらと決まっているのであろう？　であれば、その決まりに基づいてことを収めるべきではないか？」

――鴻子は、冬松の東の端にいた。何をしているのかというと、仲裁役である。冬松の影響下にある栗田村《くりたむら》の住人たちが、隣り合う地域との境界線でちょっとした揉《も》め事《ごと》を起こしたのだ。

「なんだとっ」

揉め事自体はちょっとしたものでも、相手がちょっとやそっとでは済まない。

「我等を愚弄《ぐろう》するかっ」

「柄口御坊《つかぐちごぼう》を甘く見ていると、痛い目を見るぞ」

一向宗《いっこう》を信仰し、南無阿弥陀仏《なむあみだぶつ》と念仏を唱える人たち――いわゆる、一向衆なのだ。隣り合っているのは、柄口御坊という一向一揆《いっき》の拠点の勢力圏なのである。

一向衆にはいかにも農民という感じの男もいれば、頭に布を巻いた女もいる。月代を作った武士らしき男や、毛坊主と呼ばれる剃髪《ていはつ》していない僧侶《そうりょ》の姿も見受けられる。種々雑多で、特にまとまりのある集団には見えない。

しかし、彼らを見た目で判断してはいけない。ひとたび宗主が蜂起《ほうき》を促せば諸国に軍勢が充満し、幾多の戦いで武士を打ち破ってきた。京の公家たちにも「天下はみな一揆のままなり」「天下は一揆の世たるべし」と恐れられる、強大な軍事力。それが、一向一揆なのだ。

「冬松のイモ農夫が何人いても同じこと。イモをいくら集めてもイモの山になるだけよ」

一向衆側が挑発的なことを言って大笑すれば、

「ふざけんな。やってやろうじゃねえか」

「念仏無間《むけん》っつってな、なんまいだなんまいだ言ってる奴は無間地獄行きなんだよ」

栗田村側も受けて立つ。しかし、明らかに怯《ひる》んでいる。一向一揆の猛威については、彼らも聞き及んでいるのだろう。みな、助けを求める目でちらちらと鴻子の方を見てくる。正直頼られても困るのだが。

「まあ、待たぬか」

そう言って進み出たのは、冬松の地侍の中でも一番若い六七郎《ろくしちろう》だった。彼は冬松では珍しく一向宗を信仰しており、仲立ちすると名乗り出て鴻子と共に来ているのだ。

「拙者もお主等と同じ門徒だ。怒りや貪欲《どんよく》は凡夫の病という教えもある。一旦《いったん》落ち着いて話じ合おうではないか」

六七郎は、説得を始める。

「我が主《あるじ》の三好《みよし》筑前《ちくぜん》殿は、先代の宗主様と書状や贈り物を交換する間柄でいらした。御父君を、門徒との戦いで亡くされたにもかかわらずだ。そして勿論《もちろん》、当代の宗主様とも良好な関係を保っておられる。ここで我々が角突き合わせる所以《ゆえん》はない」

仏の教えを引用し、また両者が仲良くすべき理由を示す。理を尽くした説得である。

「其《そ》の方、門徒なら何故冬松の肩を持つか！」

「どちらの味方だ！」

しかし、単純な敵味方論で返されてしまった。何を、と六七郎は憤慨する。

「まあ、まあ。六七郎殿、落ち着くでござる」

――敵味方論。これが厄介である。自分たちは粟田村の味方であることを貫かねばならないからだ。失敗すれば、民たちは「自分たちの利益を守ってくれない武士に従う意味がない」と考えるようになり、年貢や兵役などで凄《すさ》まじい不都合が起こってしまう。

ちなみに揉めている理由は、「あちら側が弓で射たカモがこちら側に落ちた。さてカモはどちらのものか」というかなりしょうもないもので、しかも筋目はこちらに不利なのでやりづらいことこの上ない。

鴻子が困り果てていると、にゃあんという鳴き声が辺りに響いた。続いて、一匹の猫が睨《にら》み合う双方の間を横切っていく。

茶色と黒の縞模《しまも》様《よう》。緑がかった大きな瞳《ひとみ》。胸毛がふさふさしていて、武将の顎髭《あごひげ》のように見える。面構えも視線も実に偉そうだ。今にも二本足で立ち上がり、人間の言葉で話し出しそうである。

猫は堂々と歩き、矢が刺さって息絶えたカモの首を堂々とくわえ、そのまま堂々と立ち去った。まさかの展開である。しかし、これを利用せぬ手はない。

「カモは奪われた」

唖《あ》然《ぜん》とする人々の前で、鴻子は重々しく告げた。

「すなわち、争いの種はなくなった。よって一同解散すべし」

何でこんなことをしているのか、という思いがある。

「ええい、落ち着かぬか」

ござる口調も忘れて呻《うめ》きながら、鴻子は手綱を引いた。ぶひひん、と馬が抵抗する。明らかに舐《な》められている。

——鴻子は、冬松の西にある向川《むこうがわ》の川原で馬に乗っていた。騎馬の鍛錬である。

公家《くげ》の娘とて、今のご時世牛車《ぎっしゃ》で移動することはない。馬にくらい乗れる。しかし——甲冑《かっちゅう》姿でとなると話は別だ。

まず重い。何もせず座っているだけで既にへろへろに疲れるほどである。馬に乗るなど以《もっ》ての外だ。

そして暑い。もうそろそろ冬だというのに全身汗だくである。隙間がないわけではないのだが、やはり熱が篭《こ》もるのだ。

更に蒸れる。頭が痒《かゆ》くてしかたない。武士の多くが月代を作る理由がようやく分かった。自分では決してやりたくないが。

「はあ、はあ」

荒い息をつきっぱなしだ。これでも、源平《げんぺい》合戦の頃よりは随分と簡素で動きやすくなっているらしい。義経《よしつね》が船から船へと飛び移ったとか絶対伝説だと確信する鴻子である。

「大炊介《おおいのすけ》殿、しっかり。将がそのようでは、敵に侮られますぞ」

叱咤《しった》してくるのは、木工助《もくのすけ》だ。馬に乗り、鴻子に並走している。いつも鴻子によくしてくれる彼だが、あまりの下手さを見かねてか今回は優しくない。

「それは殿が初陣で着られた具足。小さく軽く、小柄な大炊介殿でも着こなせるはず」

初陣も何も、こちとら鎧《よろい》自体が生まれて初めてである。着こなせるわけが――

「――あっ」

体勢が崩れた。どうにか立て直そうとするが、どうにもならない。鴻子は、あっけなく馬から落ちた。馬はざまあみろとばかりに駆け去っていく。

「おうい、おうい。止めてくれ」

それを追いながら、木工助が叫んだ。遠巻きに見守っていた自分の家来たちに、呼びかけているのだろう。例によってでかい声だ。

一方鴻子は、起き上がる元気もなかった。仰向《あおむ》けにひっくり返り、空を眺める。

空は灰色の雲に覆われていて、今にも一雨きそうだ。実にまずい。ただでさえ重い鎧なのに、きっと濡《ぬ》れると更に重くなってしまう。そして、湿気でもっと蒸れるだろう。想像もしたくない。

ぽくぽくと馬の足音が聞こえる。木工助だろうか。騎馬の鍛錬はひとまずここまでにしようと訴えよう。

身を起こすと、髭と向こう傷のいかつい武士がいた。すなわち監物《けんもつ》である。監物は、鴻子を無表情で見下ろしていた。さすがというべきか、馬に乗る姿は威風堂々たる趣がある。

そのまま、監物は何も言わずに去っていった。一体何をしにきたのだという感じだが、たまたま通りすがっただけかもしれない。

「む、むむ」

少しして、木工助が戻ってきた。逃げていった鴻子の馬を捕まえてきたらしい。鴻子の馬は、つまんねえのと言わんばかりの様子で鼻を鳴らす。

「さては、この前の腹いせに大炊介殿を笑いにきたのですな」

木工助は、えらく悔しがっている。

「さあ、立たれよ。馬鹿にされたままではいられませぬぞ」

別にそれでもいい、というのが鴻子の本音である。一勝一敗の引き分けで問題ないではないか。

「浜風《はまかぜ》は、多少気が強いですが乗りこなせばよい馬です」

鴻子が乗っていた馬を見ながら、木工助が言う。

「馬と心を通わせるのですよ。そうすれば、こちらの至らぬところを補ってくれるようにもなります」

どうやら、馬に懐かれれば楽になるということらしい。

「よし、浜風。よろしく頼む」

そこで、鴻子は改めて馬――浜風に語りかける。浜風は、ふいっとそっぽを向いた。むっとしかける鴻子だが、ぐっとこらえる。短気は禁物だ。信頼関係というのは、一歩一歩築くものである。

気を取り直すと、浜風の横に行き、鐙《あぶみ》に足をかける。そしてばっと乗ろうとしたところで、浜風がいきなり体を揺すった。

「のわっ」

鴻子は簡単に転がり落ちる。

「いた、いたた」

呻きながら鴻子が身を起こすと、浜風は唇をめくるようにして笑った。

「お、おのれ！　馬鹿にしおってこのじゃじゃ馬め！　何が浜風だ、お前など鼻風邪だ鼻風邪っ」

鴻子が罵倒《ばとう》すると、浜風改め鼻風邪はぶひひんと唸《うな》って怒りを表した。鼻風邪呼ばわりが気に入らないらしい。ざまあみろである。

「やれやれ」

横で、木工助が溜《た》め息《いき》をついたのだった。

何でこんなことをしているのか、という思いがある。

「直接会うのは久しぶりだな。息災か」

次郎左《じろうざ》が声を掛けると、その男性は大袈裟《おおげさ》に驚いて見せた。

「おお、覚えていらっしゃいましたか」

年はもう五十に差しかかろうかという感じだ。下がり気味の目尻《めじり》と、笑みを湛《たた》えた口元は穏やかな雰囲気を纏《まと》っている。

「最近、冬松の方々は他の商人《あきんど》と取引しておいでとのことですし、この大笙屋又兵衛《おおしょうやまたべえ》のことなどすっかりお忘れになっておいでだろうと嘆いておりました」

しかし、物言いはまったく穏やかではない。実に辛口の嫌味である。

「はは」

鴻子は、乾いた笑いを漏らすしかない。

——鴻子は広間にいた。冬松の御用商人である大笙屋又兵衛に次郎左が会うので、それに同席しろと呼び出されたのだ。鴻子は断りたかったが、大笙屋が乗り込んでくる事態を引き起こした原因は鴻子にあるのだから、そういうわけにもいかなかった。

「何を言う。大笙屋のことは頼りにしておる。第物《だいもつ》一の商人ではないか」

次郎左が首を振って笑う。彼が相手の機嫌を取るようなことを言うのも珍しいが、これも外交の一環と考えれば致し方ないことなのだろう。

「いえいえ。最近は若い商人も沢山活躍しております。たとえば——そうですな、丸嶋屋さんなどは大変手広く商いをしていらして、わたくし共も脅かされております」

嫌味に次ぐ嫌味である。鴻子は、目の前に置かれた手土産の箱に目を落とした。中身は干し柿である。丸嶋屋の土産が普通の柿だったのを聞きつけ、それを踏まえつつ「好意もしなびてしまったのですね」という意味を込めてきたのだろう。

「そこでわたくし共といたしましては、長いお付き合いの冬松の皆様におすがりしたく思っておるのですが——ああ、いえ。決して、無理にとは申しておりません」

そして、大笠屋は徹底的に一切鴻子の方を見ようともしない。土産を知っているのだったら、丸嶋屋と繋《つな》がりを持ったのが鴻子であることも分かっているに決まっている。

「商いとは納得して頂いて行うもの。わたくし共の商いにご不満がおありでしたら、致し方ございませぬ。ご不満を持たせてしまったこちらに責がございます」

それなのに、鴻子のことは一瞥《いちべつ》することもなく、次郎左にばかり話しかけている。お前のような新参者と話す価値はないが、言ってやりたいことは言ってやるということだろう。京の公家も真っ青の意地悪ぶりである。京の公家の女が言うのだから間違いない。

「わたくし共も、これまで冬松の皆様には特別な心配りをいたしてきたつもりなのですが。なにせ冬松の皆様には、格別のご贔屓《ひいき》を賜っておりましたから」

そこで、大笙屋は言葉を切る。他の商人を使うならこちらも優遇しない、と遠回しに揺さぶりをかけてきたわけだ。いよいよもって面倒である。

「殿」

耐えきれなくなり、鴻子は小声で次郎左に話しかけた。腹が痛いでござるとでも言って逃げよう。

「ならぬ」

鴻子が何か言う前に、次郎左はぴしゃりと却下する。全てお見通しらしい。

「商いの信頼というのは、時間をかけて作るもの。冬松の皆様もわたくし共も、たとえ都合が悪くても逃げ出さず、互いに腹を割って話してまいりました」

笑みを浮かべて大笙屋は意地悪を再開し、鴻子をぎゅうぎゅうと絞り上げたのだった。

とまあ、鴻子はこんな毎日を送っていた。いつも眠い昼寝姫としては、本来あり得ないほどに忙しい。本当に、何でこんなことをしているのか。

「ぬうう」

鴻子は血を吐くような呻き声を上げると、ばったり寝台に倒れ込んだ。

――それでも、今日は普段よりマシだった。甲冑騎馬が多少上達したので、途中で切り上げられたのだ。次は乗りながら弓を射ましょうとか不穏なことを木工助は言っていたが、その辺は聞こえなかったことにしている。

体中が痛い。今まで昼寝ばかりしていて動かなかった人間がいきなり武士の真似事をしているので、もうぼろぼろなのだ。立つ、座る、寝るといった基本的な動作でさえ激しい苦痛が伴う。

どうにか寝具を被《かぶ》ると、鴻子は早速眠りに落ちていく。久しぶりの昼寝である。ああ、やはり昼寝はいい。とても癒《い》やされる。

いや、むしろこの状態があるべき姿なのだ。あれやこれやとやらされている方が不自然なのである。ありのまま、自然な欲求に従って昼寝する。これぞ理想なのだ――

「――はっ」

どれほど眠ったか。鴻子はがばりと身を起こした。瞬間痛みが走る。

「ぬう」

歯を食い縛りながら、周囲を見回す。良かった。燃えていない。

力なく、寝台に倒れ込む。ばくばくと、心臓が激しく脈打っている。あの夢を見るのは久しぶりだった。もう、忘れたと思っていたのに。

鴻子は、夢が何かを告げるということをあまり信じていない。「どうなってしまうんだろうって夢を見て、怖くて胸が潰《つぶ》れそう」みたいなことを言う可愛らしい人間ではない。

いつも眠い割に、そういうところは醒《さ》めている。

実際、この夢を見たから不幸になったという経験もない。ただ、嫌な気分になるだけだ。まあ、この嫌な気分というのは別の意味で手強《てごわ》い。寝付けなくなるし、かといって起きていても気は晴れない。ただ、憂鬱《ゆううつ》な時間がのろのろと過ぎていくばかりなのだ――

――にゃあん、にゃあん。考え込む鴻子の耳に、猫の鳴き声が聞こえてきた。

「むむ」

起き上がり、ゆっくりと寝台から降りる。実を言うと、結構猫が好きなのである。何だか親近感があるのだ。よく寝るところとか。寝てばかりいるところとか。

「寒いのう」

ひんやりとした空気が肌に染み込み、鴻子は顔をしかめた。日一日と、冬がその輪郭を色濃くしている。猫を探しに行く前に、もう少し暖かい格好をしよう。

鴻子は、部屋の隅にいくつも置いてある箱の前に立った。四本足の、唐櫃《からびつ》と呼ばれるものだ。中には、様々な着物が入っている。嫁入り道具の一部だ。嫁のものは嫁の家で準備するのが公家《くげ》のしきたりということで、兄は随分と無理をしてあれこれ揃えてくれた。

唐櫃から、打掛を取り出す。中々上質で、手触りからして暖かそうだ。兄の心遣いが嬉《うれ》しい。――嬉しい、のだが。

「しかし、この柄は何とかならぬのか」

問題は、でかでかとあしらわれた鷹峯《たかがみね》の家紋である。武士たちに見つかったら、一発でややこしいことになるだろう。まあそれについては鴻子に責任があるのだが、とはいえなぜ鷹峯の紋なのか。音浜《おとはま》の家に嫁入りするのだから、音浜に合わせるのが普通ではないのか。有職故実《こまかいきまりごと》にうるさい公家とは思えない所行である。

「ま、よいか」

ここにいない兄に文句を言っても部屋は暖かくならないし、打掛の柄も変わりはしない。ちょっと外を見るくらいなら大丈夫だろうと決めると、鴻子は打掛をがばっと広げるようにして羽織る。本来侍女に着せかけてもらうものだろうが、もう長いこと女の使用人を鷹峯家では雇っていないので、自分であれこれするのに慣れてしまっている。

「うむ、暖かいのう」

印象通りの具合である。ここいらの冬は京ほど寒くなかろうし、これで凌《しの》げるだろう。

鴻子は、外に繋がっている引き戸を開けた。冷気が更に流れ込んでくるが、打掛のおかげでそこまで寒くはない。

引き戸を開けると、そこは庭である。与えられた大炊介家のものよりは、さすがに広い。

「む、お主か」

足元に、一匹の猫がいた。茶色と黒の縞《しま》模様《もよう》に、ふてぶてしい面構え。カモを取って逃げたあの猫である。

「ふむ、なるほど。さては門徒との衝突の回避に尽力した褒美を受け取りに参ったか」

鴻子が納得していると、猫は素早く部屋の中に入った。

「やれやれ」

苦笑しながら、鴻子は猫を追いかける。猫は鴻子の寝台の上に飛び乗り、我が者顔で丸くなった。

「これ、そこは妾《わらわ》の寝台ぞ」

鴻子は寝台へ戻る。猫はというと、鴻子が脇にいても尻尾《しっぽ》を揺すって知らん顔である。

「無視をするなら、妾も無視じゃ」

ばさりと打掛を寝台の上にかけてやる。別に鷹峯の家紋が入っているから雑に扱うのではなく、上物を寝具代わりにするのはごく普通のことだ。この寒さなら、打掛を重ねるくらいでも十分なはずである。

打掛をかぶせられた猫が、不満げな鳴き声と共に出てくる。くすりと笑うと、鴻子は再び寝台に潜り込んだ。すると、猫は鴻子の腹の上辺りに乗っかって丸くなる。

「まったく、どこまでも尊大な猫じゃ」

鴻子の言葉に、猫はぶるにゃと答えた。そして喉《のど》をゴロゴロ言わせながら、両の前足をにぎにぎさせ始めた。どちらも機嫌よく甘える時の仕草だが、後者は少し困る。

「これ、新しい打掛が傷むではないか」

体を起こし、猫を両脇から挟んで持ち上げる。ちょっと温かい。元から猫は人間より熱が高いものだが、眠くなると更に温かくなるので、それかもしれない。

「突然人の家に上がり込んで寝るとは。いよいよ大物じゃのう。――うむ、その剛胆さ気に入った。褒美を取らす。藤原《ふじわら》鴻子朝臣《あそん》の名において、お主を征鼠《せいそ》猫将軍に任ずる」

猫改め猫将軍は、にゃあんと返事をした。ありがたき幸せと言ったのか、どうか。

「何をしている、何を」

廊下側の扉が開き、次郎左がやってきた。鴻子たちを見て、呆《あき》れている様子だ。

「なんの。鷹峯は分家のそのまた分家か何かじゃが、元を辿《たど》れば藤原の誰某《だれそれ》に行き着く。すなわち妾も藤氏一門じゃ。藤原の姓を名乗っても別によかろ」

「そういう話ではない」

扉を閉める次郎左の目線は、猫将軍に注がれている。猫将軍は突然起き上がると寝台から飛び降り、開けっ放しだった戸から外へと飛び出してしまった。

「無粋な目で見るから、逃げてしまったではないか」

鴻子は次郎左を叱りつける。猫の行く先を目で追っていたらしい次郎左が、鴻子の方に向き直る。その顔に浮かんでいるのは、残念そうな表情だ。

「む？　次郎左、うぬは――」

次郎左がぱっと顔を逸《そ》らす。

「そんなことよりも、用事がある」

そして、妙に大きな声で話し始めた。

「わしとそちで神社に参るぞ。そういう慣わしがある」

「さようか。仕方ないのう」

新顔がお参りするみたいな何かがあるようだ。面倒だが、木工助師匠の騎馬修行よりはいくらかマシである。

「次郎左。妾の肩衣《かたぎぬ》と袴《はかま》はどこじゃ」

「いらぬ」

鴻子の問いに、次郎左が妙な返事をする。

「参るのは、福田《ふくだ》大炊介ではない」

怪訝《けげん》に思う鴻子に、次郎左はそう告げてきた。


冬松の集落には、氏神となる社がある。名をそのまま冬松神社というのだそうだ。集落を治める家に嫁いできたり養子として入ってきたりした者は、一度詣《もう》でるのが慣わしなのだという。

わざわざ顔を出さなくてもと鴻子などは思うのだが、まあ慣わしとかしきたりとかいうのはそういうものだ。合理性は問題ではない。続けることだけに意味がある。

鴻子は輿《こし》に乗っていた。参るのが女性の場合は輿で移動するらしい。この部分は評価できる。実に楽だ。

身に纏《まと》っているのは、華やかな模様の打掛である。一応、鴻子のために次郎左も用意してくれていたらしい。侍女に化粧をしてもらったし、これでまあばれる心配はないだろう。

「つきましてございます」

輿が止まり、そんな声が掛けられた。続いて、横の部分が開けられる。ちらりと外を見ると、人が沢山いる様子だった。普段姿を見せない殿様の妻のお出ましということで、野次馬が集まっているのだろう。

「――っ」

降りようとして、過激に体が痛んだ。同じ姿勢でじっとしていたせいで、痛みが増したのだろう。顔も過激に歪《ゆが》みそうになったので、咄嗟《とっさ》に袖《そで》で隠す。

「おお」

「顔を隠されたぞ」

「さすが、京のお姫様は雅《みやび》でいらっしゃる」

見物人たちがざわめく。何だか誤解されているような気がする。

どうにか降り立つと、傍らにいた侍女の一人が衣を渡してくれた。被衣《かずき》というもので、ある程度以上の身分の女性は外出時にこれを頭から被《かぶ》るようにして歩くのだ。面倒であまり好きではないのだが、今は顔を隠せて丁度いい。

鴻子は歩く。ただし、とてもゆっくりと。女性の服は元々すたすた歩きづらい作りである上に、太股《ふともも》やら尻《しり》やらが痛むのだ。

「おお」

「ゆっくり歩かれているぞ」

「さすが、京のお姫様は雅でいらっしゃる」

やはり誤解が広まっている。まあ馬に乗りすぎでへばっていることがばれないなら、これはこれでいいのかもしれない。

「よく参った」

そんな声がした。次郎左だ。そっと見上げると、いつもの仏頂面で鴻子を見ている。

「こちらだ」

言って、次郎左は歩き出す。思わず「待て」と言いかけて、鴻子は言葉を呑《の》み込む。次郎左の歩き方はゆっくりだった。鴻子でも、無理なく追い付ける程に。

鴻子はもう一度次郎左を見上げる。次郎左は相変わらずの顔つきで、何を考えているのかは分からなかった。

神社の境内には、やたらでかい松が生えていた。もしかしたら、あの物見櫓《やぐら》よりも高いかもしれない。冬松という名前も、あるいはこの松から来ているのだろうか。

体中の鈍痛が延々と続いている鴻子だが、お参りの所作は一通りこなせた。次郎左はというと、特に何も言わずに一通り流れを済ませていたが、相変わらずゆっくりしたものだった。やはり、鴻子のことを気遣っているのかもしれない。どうやら、遂に妻への思いやりを身につけたのかもしれない――

「殿、殿」

鴻子たちが境内から出ようとしたところで、声が掛けられた。

「よろしゅうございますか」

木工助である。どきりとして、咄嗟に被衣を深く被り直す。

「関所で、一悶着《ひともんちゃく》がありまして。殿を出せとうるさい者がおるのです」

木工助が注進する。どうやら、鴻子のことには気づいていないようだ。

「ふむ」

次郎左は、しばらく考え込んだ。

「呼ばれたからといって、わしがのこのこと出ていくわけにもいくまい」

言ってから、次郎左は鴻子の方をちらりと見る。

「うってつけの人間がいるぞ」

浮かんでいるのは、例の笑みである。思いやりを身につけたというのは勘違いだったと、鴻子は内心で呻《うめ》いたのだった。


「何でこんなに高いんだって言ってるんだ！」

その男は、地べたに座り込み腕を組んでいた。明らかに農民の外見をしているが、これみよがしに月代《さかやき》を作っている。農民が月代を作るのも別に普通のことといえば普通のことだが、この場においては見るからに面倒くさい気配を感じさせる。

「うーむ」

威勢良くある必要がないのに威勢良く振る舞おうとする人間ほど、扱いづらいものはないのだ。元からなかった鴻子のやる気が消滅していく。

折悪しく、ぽつぽつと雨が降ってきた。この男をどうにかしないと、屋根のあるところにも行けない。やる気はますます消滅していく。

――化粧を落とし服を着替えると、鴻子は関所にやってきた。福田大炊介に再び戻ったわけだが、そうするとゆっくり歩いたり顔を隠したりできないわけで、とても難儀である。

ああ、早く帰りたい。帰って昼寝したい。

「源太《げんた》、その槍《やり》でぐさりとやればどうだ」

横にいた顔見知りの番兵に、鴻子は声を掛けた。冬松に来たばかりの頃、木工助の案内で見て回っていた時に少し話した相手だ。

「いえいえ、そんな。無茶を仰《おっしゃ》らんでください」

源太は、慌てて首を横に振った。

「この男、飯丹大和守《いいたみやまとのかみ》の縁者だと申すのです。下手なことをしたら、何があるか」

「飯丹大和というと、あれか。北の方にいるという」

前に木工助に聞いた話を思い出す。ずっと冬松と敵対していたとか、そういう話だ。

「ええ、そうです。自分も何度か飯丹との戦いに出たことがありますが、もうあんな思いは御免です。特に、大和守自ら率いる騎馬部隊――飯丹百騎が恐ろしくて恐ろしくて。あの蹄《ひづめ》の音と飯丹の紋は、未《いま》だに夢にでてきます」

源太が、生きた心地もしないといった感じで言う。何年も前に和睦《わぼく》がなったという話だったはずだが、余程怖い思いをしたのだろうか。

「飯丹を刺激することは避けたいところだな」

鴻子は、番兵たちの内心を推し量る。下手なことをして再び戦にでもなったら、とても責任など取れない。できるだけ穏便に済ませたいというのが本音だろう。

「だから！　高すぎるって言っただろう！」

また男が怒鳴った。

「お前は大量に米を持ち込もうとしている。関銭は荷物にかかるのだから、その分高くなるのも道理だろう」

番兵たちが、仕方なしに説得を始める。関の外を見ると、俵を山積みにした荷駄があった。村の年貢でも納めるのかといった感じである。確かにこれは高くつきそうだ。

「回り道でもしろってのか」

男は更に絡みまくっている。他の通行人も通れず、みな迷惑そうな顔である。

「回り道なんてできるのか」

鴻子が小声で訊《たず》ねると、源太は頷《うなず》いた。

「ええ。南北の飯丹街道ってのは実は二つに分かれてまして、東の方にある柄口御坊を通って港町の第物へと繋《つな》がる道もあるんです。そっちは起伏が激しいのと遠回りなので、あまり使われてません」

なるほど、といった感じである。なおのこと、揉《も》め事《ごと》は避けたいだろう。遠回りや起伏が辛《つら》くてもいいからあっちを通る、となってもやはり大変だ。

「何だ、何見てやがる！」

男が立ち上がり、番兵に詰め寄る。番兵も耐えかねたか、顔色を変えて男を睨《にら》み返す。

「おい、待て待て」

それをなだめようと、源太が番兵との間に割って入る。

「おわっ」

すると、男はいきなり派手にすっ転んだ。周囲がざわめく。

「え、あ、いや、なんでこんな——」

源太が狼狽《うろた》える。実際、彼は男が転ぶほど乱暴な割り込み方はしていない。

「や、やりやがったな」

一方、男は喚《わめ》きながら立ち上がった。どう見ても自分から倒れ込んだようにしか見えないが、ご丁寧に眉間《みけん》から血を流している。

「罪のない通行人を痛めつけるとはな。冬松の連中のやり方がよく分かったぞ。三好の力を笠《かさ》に着て、好き放題してやがる」

妙な言い回しに、鴻子は引っかかった。いやまあ妙と言えば何から何まで妙な男ではあるのだが、それにしてもおかしい。何か、状況を整理して周りに伝えるような、起こったことにある種の印象を植え付けようとするような、そんな説明臭さがある。

「覚えてやがれ」

男は、荷駄を引いて北へ去っていく。捨て台詞《ぜりふ》のありがちさに反して、その後ろ姿には言葉にできない不吉さが漂っていた。

その不安は、間を置かず現実のものとなる。

関所での狼藉《ろうぜき》や関銭の苛求《かきゆう》を理由に、飯丹大和守周興《ちかおき》が冬松討伐の兵を起こしたのだ。

「申し訳次第もございません」

広間で、源太は土下座した。体が小刻みに震えている。これは可哀想だ。

「源太に非はございませぬ。完全な言いがかりでござった。むしろ、手をこまねいていたそれがしこそ責を負うべきでござる」

さすがに庇《かば》う他ない。横で、鴻子もあぐらを掻《か》いた姿勢で頭を下げる。

「相分かった」

次郎左は、扇子で一度とんと膝《ひざ》を叩《たた》いた。

「源太、下がってよい。しばらく番兵仕事から離れよ。これは罰ではない」

「は、ははっ」

源太は平伏したまま動かない。

「源太。お主や他の番兵たちを罪に問わぬという、殿の寛大な仰せだ。番兵仕事はしばらく気が重かろうというお心遣いでもある。ほれ、他の者にも伝えてやれ」

次郎左の台詞が端的すぎたので、鴻子は少し補足した。これで、慈悲深い判断だということはよく分かるだろう。

「まことに、まことにありがたき幸せ」

源太が涙声になっている。無理もない。死をもって償うことも覚悟していたはずだ。今の時代、人の命はひどく軽い。ほんのちょっとした罪咎《とが》の代償として、簡単に奪われてしまう。

「大炊介も同様だ。短気を起こして斬らなかったこと、褒めてつかわす」

次郎左は、鴻子にも温情をかけてきた。

「ありがたき幸せ」

素直に受け取っておく。起こった事態が起こった事態である。皮肉やらなにやらを差し挟む余地はない。

源太が広間を辞し、鴻子が膝行《しっこう》で定位置に戻ったところで、次郎左が改めて口を開く。

「さて。潜らせていた忍びからの報《しら》せで、飯丹が兵を動かしたことが分かった。少なくない数を集めたようだ。速やかに手立てを講じねばならぬ。各々《おのおの》、思うところを述べよ」

「飯丹は三好殿と和議を結んでおります。これは重大な不義でございますぞ」

最初に口を開いたのは、孫太郎《まごたろう》だった。元々冬松で家老を務めていたというだけあって、自然と話の流れを作り出す役割を果たしている。

「左様です。我等が三好の家中にある以上、三好との和睦は我等との和睦でもあるはず」

木工助がそれに賛意を示した。

「兵を起こしたその理由を聞く限り、事実はどうあれ我等の関所の営み方を難じております。三好ではなく、冬松に問題があるので兵を向けるという理屈ではありますまいか」

図書頭《ずしょのかみ》が客観的な意見を述べ、冷静な検討を促す。

鴻子は、あのやたらと説明臭い物言いを思い出した。あれは、飯丹側に正当性を持たせるのが狙いだったのかもしれない。つまり、全ては攻め入る口実を作るためのものだったというわけだ。

「聞くところによると、関所で暴れたという男は飯丹で罪を犯し磔《はりつけ》に処されるところだったそうです。それがなぜか助けられ、飯丹の荷物の運搬を任されたとのことらしく」

六七郎が、そんな情報を披露した。どうせ死ぬなら何かの役に立て、といったところだろう。やはり軽い。人の命が、ぼろ切れのように使い回されている。湧き上がってくる苦い気持ちを、鴻子は呑《の》み込む。

「全ては、前もって仕組まれていたことでござったか」

鴻子は呟《つぶや》く。次郎左が鴻子を褒めたのも、そこを踏まえてのことだろう。もしあの男の命を奪いでもしていたら、ますます飯丹の思うつぼだったはずだ。

「飯丹からすれば、この冬松の地は喉《のど》から手が出るほど欲しい地だ。冬松を押さえれば、第物までの通り道が確保され、更に関所としてのうまみもある」

次郎左が、閉じた扇子を手の中でいじる。

「また、飯丹大和は幕府の側に立って動くことが多い。飯丹は一旦《いったん》筑前殿と和睦を結んだが、公方様《くぼう》が未《いま》だ筑前殿と敵対を続けているのを考えると、こういうことは起こり得る」

納得のいく分析である。知らなかった情報もあり、なるほどと頷かされる。丁寧なのは、情勢に疎い鴻子に説明する意味も兼ねているのだろう。

「戦う他、ありますまい」

監物が言った。短く、簡潔で、それだけに有無を言わさぬ重みがある。

「民はなんとしますか」

木工助がそう提起する。大事なことである。戦の大きな目的の一つは、人的物的な略奪だ。その暴力から身を守るために、民は作物なり銭なりを苦しみながらも領主に納めるのである。

「冬松から距離のある村々の者は、これまで通り隠れるか更に遠くへ逃げるかであろう」

孫太郎が木工助に答えた。

「冬松や冬松に近い村々の者たちは、この集落内に逃げ込ませるのがよかろう」

「うむ。兵を集めると同時に、民たちの身の振り方を触れ回らせよう」

次郎左が腕を組む。

「もし攻め入られれば、田畑《でんぱた》は如何《いかん》ともしがたいですな」

溜《た》め息交じりに言ったのは、図書頭だ。普通今の季節は田畑で作物を育てることはしないので、戦が起こっても蒙《こうむ》る損害は相対的に低い。しかし、この辺りでは年中何かを育てているのでそうもいかない。

「被害に応じて、年貢の減免などを行う他ありますまい」

六七郎が俯《うつむ》く。彼が悄然《しょうぜん》としている理由は、年貢が減ることよりも、冬松が戦禍に遭うことそれ自体だろう。彼は元から冬松の将だ。胸が痛むに違いない。

「滝山《たきやま》城まで早馬を飛ばし、援兵を乞《こ》う必要もありましょう」

図書頭が言い、次郎左は頷く。

「六七郎。そちに滝山城への使いを命じる。任せたぞ」

次郎左が命じると、六七郎は返事と共に一礼し、すぐ広間から飛び出していった。

「残りの者は出陣の準備をせよ」

次郎左は立ち上がると、ばっと扇子を開いた。そして、横向きにして前に突き出す。

「飯丹の者どもを打ち破るのだ！　奴らの目に物見せてくれようぞ！」

芝居がかった仕草だが、様になっていた。人の上に立つ者、人を率いる者に必要なある種の華やかさが、彼には備わっている。

「はっ！」

家臣たちが、一斉に応《こた》えて頭を下げる。その仕草に合わせながらも、鴻子は内に何か言葉にならない葛藤《かっとう》のようなものを抱いていた。

――戦には、出たくない。風呂《ふろ》やら何やらで押し切られてしまったが、できれば参加はしたくないという気持ちには今も変わりがない。それはなぜか。

戦になれば、人が死ぬ。それが嫌だからというのもある。人間として当たり前の感情だ。物や人を略奪する乱取り、敗れて逃げる武士を狙う落ち武者狩り、死体から鎧《よろい》や武器をはぎ取る戦場荒らし――戦に伴って起こりがちな人品に悖《もと》る行為にも、当然抵抗がある。

しかしそれらは全て、言ってみればどうしようもないことだ。もうずっと、鴻子が生まれるよりも前からずっと、世間はそんなことを繰り返している。

鴻子の心に引っかかっているのは、もっと別のもの。鴻子の心、そのものだ。

「戦か」

木工助が呟く。彼の目は、普段の陽気なものとは異なる輝きを帯びている。彼は手柄を立てたいと常々願っていた。好機を前にして、奮い立たずにはいられないのだろう。

「戦」

鴻子は呟く。その言葉が火を点《とも》すのは、木工助の瞳《ひとみ》だけでは、ない。

集落北側の丘の上に、冬松側は陣を布《し》いた。

飯丹の地は、一部を除いて台地である。川間《かわま》ヶ《が》崎《さき》のように低い平野ではないので、丘に登っても景色を一望したりはできない。ようやく同じ高さに立った、くらいの感じだ。

もし空から見下ろせたとするなら、両側を冬松側と同じ川に挟まれており、あちこちに田畑が広がっている姿が見えるだろう。そういう意味では川間ヶ崎と似ていると言える。大きく違う点といえば、台地の中央部に大きなため池があるところ、そして北側に高さが割合揃った山々が並んでいるところだろうか。

そんな台地から湧き上がるように、飯丹の軍勢が南下していく。いくつもの旗が翻り、将の居場所を誇示する馬印もそこかしこに立っている。小手調べや偵察程度の話ではない、攻め落とすという強い意図が考えられる。

鴻子はその軍勢を、丘の本陣から見て——はいなかった。


「寒いのう」

鴻子がいるのは、丘から少しばかり離れた林の中だった。馬に乗ってさえいない。鎧《よろい》兜《かぶと》姿で、木々の間に姿を隠しているのだ。

「そうですか？」

近くで伏せていた足軽が、眉《まゆ》をひそめて訊《たず》ねてきた。背中には筒のようなものをつけ、手には巻いた旗を持っている。

「我々は、緊張でそれどころではありませんが」

もう一人が、同意した。こちらは、自分の体よりも大きいのではないかという太鼓を背負っている。背負太鼓というやつだ。

「まあ、そうであろうなあ」

辺りを見回す。鴻子の側にいるのは、揃いの真新しい防具を身につけた足軽たち――すなわち、あの川原で鴻子の側で戦った者たちだった。皆、「戦うなら福田様の下で」と志願してくれたのだ。一人一人の名前も特徴も分かっているので、大変ありがたかった。

だが何しろ急なことなので、旗や背負太鼓を誰が担当するか割り当てたくらいで、他はほとんど決まっていない。ざっくり福田隊という感じである。なぜそんな部隊が成立したのかというと、話は次郎左が扇で格好をつけた少し後くらいまで遡《さかのぼ》る。

「まずは、出陣して一撃を加えたい」

次郎左が、さしあたっての目標を提示した。

「野戦にてしたたかに打ち据えて退《ひ》かせ、一日だけでも延ばすのでござるな」

その意図するところを、鴻子は推し量ってみせる。

「うむ。時間を稼げば稼ぐほど我々の勝ちが見えてくる。敵の勢力が強大でも、味方を集めてこちらがより強大になればよい」

次郎左がそう言い切った。鴻子は彼の顔を見る。口を挟もうかとも思ったが、やめることにした。次郎左の言っていることに間違いはない。絶対に正しいかどうか、鴻子には分からないだけだ。

気持ちを切り替える。確信のないものを根拠に、議論するわけにもいかない。

「策はある。忌憚《きたん》ない意見を聞かせてくれ。何か問題があるなら、勿論《もちろん》取り下げよう」

言って、次郎左は座り直す。

「鉄炮がある。それを使おうと思う」

「ほう」

思わず、そんな声が出た。火薬を使って、弓よりも遠くから敵を打ち倒せる武器だ。実際に目にすることになるとは。

「物と人の流れの道筋を押さえるのが、三好殿の統治のなさり様だ。ゆえに、鉄炮も火薬も豊富に入手できる。撃ち手は簡単に手に入らんから、自前で育てているがな」

「なるほど」

鴻子は納得する。三好が冬松を重視しているというのも、その「道筋を押さえる」姿勢故だろう。中々面白い話で突っ込んで聞きたいところだが、残念ながらそんな時間はない。

「お言葉ながら」

孫太郎が、口を開いた。その表情は、やや困惑気味だ。

「鉄炮は可能性を持つ武器ではありましょうが、弾を込めて撃つまでに時間がかかりすぎます。今我々が保有している分だけで、戦の勝敗に影響を与えることは難しいかと」

彼が年を重ねていて、新しいものに拒否感があるということではなさそうだ。他の面々も、程度の差こそあれ一様に微妙な顔をしている。

「うむ。別段、鉄炮を撃ちまくり飯丹の騎馬軍団を破ろうというのではない」

次郎左は頷《うなず》く。

「図書頭、そちは弓介《きゅうすけ》殿の寄騎が撃たれた時のことを覚えておるか」

「もう随分と前のことのように感じますが。実戦で鉄炮が使われるところに、初めて居合わせたようなおぼえがございます。ええと、あれは確か――」

図書頭が、遠くを見る目をする。いつも穏やかな彼は、差し迫った軍評定《いくさひょうじょう》である今回ものほほんとしている。

「木工助殿、木工助殿。弓介殿とは誰のことでござるか？」

知らない名前が出てきたので、鴻子は小声で隣の木工助に話しかけた。

「三好弓介殿ですな。三好日向守《ひゅうがのかみ》殿のお子でもいらっしゃいます」

木工助が説明してくれる。

「三好日向守殿とは？」

「三好一族の長老ともいうべき存在で、三好孫四郎《まごしろう》殿のお子でもいらっしゃいます。三好孫四郎殿は、現三好家の当主である三好筑前守の父君のご兄弟で――」

次から次へと三好が出てきて訳が分からなくなってきた。とにかく、弓介なる人物は、次郎左の主君である三好筑前守の親戚《しんせき》だという風に理解しておく。

「そう、京でのことですな。確か中尾城《なかお》」

ようやく思い出したらしき図書頭が、はたと膝《ひざ》を打った。

「まこと音が大きゅうございました。あれには驚いたものです」

「うむ。そうだ。大きな音だ」

にやりとすると、次郎左は扇を閉じる。

「飯丹の連中はあの戦にはいなかった。おそらく、戦場で鉄炮と出くわしたことはあるまい。中尾城の戦いは、飯丹が三好と和睦《わぼく》したよりも後。そして飯丹は和睦して以降、大きな戦いは経験しておらん。将は鉄炮を触ったことくらいはあるかもしれんが、兵たちはそうでもなかろう」

そして、閉じた扇の先を自分の座る畳の上で滑らせる。

「わしが率いる本陣が、冬松の北側の丘に陣取る。そこから先陣を進ませる体を装い、頃合いを見て鉄炮を撃つ」

弾に見立てて、扇が動く。

「驚いた敵陣は乱れるだろう。何しろ、戦場では冷静沈着な図書頭が肝を冷やすほどだ」

次郎左の言葉に、いやはやと図書頭が頭をかいた。

「そこで、横合いから伏兵が一撃を加え、飯丹を退かせる」

扇が、鋭く切れ込むように動く。

「彼我の兵力は、どのような状況でござるか」

鴻子の口を、質問が突いて出た。実際これは重要だ。

「数は飯丹の方が遥《はる》かに多いだろう。こちらの川間ヶ崎は第物や柄口御坊などいくつにも分かれているが、飯丹は概ね一つにまとめ上げられている」

次郎左の答えは、中々気が重くなるものだった。あの川原でも証明された通り、戦いの基本は数である。少数の奇襲など、いずれは揉《も》み潰《つぶ》されてしまう。

となると、速やかに打ちかかり、目的を果たしたら素早く退かなければならない。実に面倒そうだ。絶対に自分ではやりたくない。

「であれば、伏兵の任は是非ともそれがしに」

監物が、真っ先に名乗り出る。

鴻子は天を仰ぎたくなった。監物がやるなら――絶対に自分もやらないといけない。

「いいか。弓や礫《つぶて》には気をつけるんだぞ。やられるのはその辺が一番多い。源平の前からそうだったって話も聞いたことがある」

近くで、誰かが話している。

「目の前で苦しんでりゃあ、仏心が生まれて見逃すことだってある。やってみりゃあ分かるが、槍《やり》や刀で命を取るのは結構くたびれるしな。でも、放たれた矢や投げられた石には情けも疲れもねえ。こっちを真っ直ぐ殺《や》りにくる」

なるほど、という感じだ。経験と実感に基づいた、生《なま》の教訓である。実際の戦場は、勇ましく華々しい英雄譚《たん》のようなものとは程遠いということだ。

考えてみれば、この雑談をしている雰囲気もそうである。鴻子たちは伏兵だ。ならば音も立てず身を潜めているべきなのだろうが、中々そうもいかない。皆緊張し、それを紛らわせようとして喋《しゃべ》っている。誰も彼もが、怖いのだ。――鴻子を除いて。

戦場《いくさば》を知らないわけではない。恐怖を感じない性質《たち》というわけでもない。ただ、別の感情が心を占めてしまっているのだ。それは――

「大炊介殿」

急に、鴻子は話しかけられた。この荒武者然とした声だけで分かる。髭《ひげ》の監物だ。

声のした方を向く。監物は、鎧兜に身を固めていた。「然とした」ではなく、荒武者そのものだ。兜は家紋の柄と同じ角が生えた形で、一族に伝来しているものだろうと分かる。普段だとむさ苦しいだけの髭も、今は雄々しさを縦横に表現していた。

「何事でござるか」

訊ねると、監物は出し抜けに跪《ひざまず》いた。

「な、なにごとでござるか」

狼狽《うろた》えてしまう。いきなりどうしたのか。

「この度の伏兵、それがしは大炊介殿の指示で動く所存です」

俯《うつむ》いたまま、監物がそんなことを言った。

「本当は冬松を出陣する前にお伝えするつもりでしたが、見つけられず延び延びになっておりました。申し訳なく存じます」

「あ、ああ。こちらこそ相済まぬことでござる」

なんでそんなことになったのかというと、鴻子が鎧兜を身につけるのにやたらと手間取ったからである。騎馬の練習で何度も身につけているのだが（その際には次郎左の屋敷の空き部屋を借りている）、未《いま》だに上達していない。勿論誰に手伝ってもらうわけにもいかず、とにかく暇がかかってしまうのだ。

「――先だっての腕比べのことを、それがしはずっと考えておりました」

跪いたまま一度頭を下げると、監物は話し始める。

「失礼ながら、大炊介殿は武芸に優れていらっしゃるようにはお見受けしませぬ。馬に乗るのも下手でいらっしゃる」

その通り過ぎて、何も言えない鴻子である。

「しかし、兵を率いる力や策を巡らす智謀はそれがしの及ぶところではございませぬ。願わくはご指示を賜り、己の糧としたいのです」

鴻子は思う。この高野《こうの》監物という男を、自分は見誤っていたようだ。

——鴻子が伏兵をやらねばならぬ、と考えたのは、そうすることで監物が張り合おうとすると考えてのことだった。きっと、手柄を立てて今度は勝ってやると意気込むはずだと踏んだのだ。しかし監物は、逆に「大炊介」の配下になると言ってきた。

勝ち負けで考える人間たちの、これは美点なのかもしれなかった。相手が自分より優れていると認めれば、足を引っ張って自分のところまで引きずり下ろそうとするのではなく、自分から潔く下につくのである。

「いかがでございましょうか」

監物が重ねて聞いてくる。

「それがしどもからも、お願いいたします」

「何卒《なにとぞ》、どうか」

監物の周りに何名もの侍が現れ、膝を突く。彼の郎党だろうか。いずれも屈強な武者といった面立ちで、馬と口取りの小者を連れている。奇襲の際には、監物と共に真っ先に敵陣に斬り込むつもりなのだろう。

「ふむ」

鴻子は少し考える。指揮の系統は一つにまとまっている方がいいに決まっている。何しろ、できる限り素早い進退が必要なのだ。

それに、この伏兵集団に強い信頼関係を築けるという意味でも有益である。例の「将には威信が必要」という理屈だ。監物が鴻子を立てれば、監物配下の将兵も自然と鴻子に従うようになる。

「分かり申した。それがしなどでよろしければ」

腹を決めて、鴻子は頷いた。

「感謝いたします」

監物たちが、揃って再び頭を下げる。

「実際の斬り合いには、それがしなどが口を挟む必要もござらぬ。ご自身の思うように戦って下され。ただ、その敵を選ぶにあたっては一つお願いがござる」

「それは、いかなる」

「できうる限り、敵の兜首を狙って頂きたい」

鴻子がそう言った途端、監物たちの目に炎が点《とも》る。

「ただ、個々の首を取るのではなく次から次へと斬り捨てて行って頂きたいでござる」

点った炎がすぐ消える。揃いも揃って残念そうである。まったく、手柄となると目の色が本当に変わってしまうようだ。

「今の我々の務めは、敵を可能な限り長く混乱させること。つまり、頭のいない集団をできるだけ多く作るのでござる。侍大将、足軽大将、組頭、そういうものをひたすら狙って頂きたいのでござるよ」

「承知いたしました」

監物が頭を下げ、郎党たちがそれに続く。

「撤退の指示はこちらで出す予定でござる。今回の退き太鼓は――」

言って、鴻子は手を叩《たた》いてみせた。ぱん、ぱぱん、ぱぱん、ぱんぱん。

「これが一組でござる。聞こえたら、退かれますよう」

「はっ。では、我々は――」

監物が、言葉を切った。他の郎党たちも、一瞬遅れて表情を引き締める。一体どうしたのだろう。

「来ましたな」

監物が呟《つぶや》くように言う。やがて、鴻子も理解した。

――それは、音だった。足音、何か硬いものが触れ合う音、馬のいななき。それら無数の音が渾然一体《こんぜんいったい》となって生み出される、軍勢の響きである。

監物たちは、音が聞こえてくる前に肌で理解したのだろう。戦場に生きる者の皮膚が、敵の到着を感じ取ったに違いない。

　鴻子たちは身を伏せた。馬の口取りたちは、いななきを防ぐために噛《か》ませる枚《ばい》の具合を確認する。

　軍勢が、姿を現した。森の横、離れたところを進んでいく。

　軍勢の中には、いくつもの旗が翻っていた。将のいることを誇示するための馬印も多く見受けられる。軍勢というのは各々《おのおの》が手勢を連れて集まるものであり、家を表す旗や個人を示す馬印の数は、そのまま動員の幅広さを示す。飯丹の本気が、伝わってくる。

　その軍勢の中に、一際目立つ旗がある。旗に染め抜かれているのは、一つの紋所だ。

　主となるのは、藤。上に太い枝と三枚の葉が描かれ、葉と葉の間から二房の藤の花が対称に曲線を描きつつ、蔦《つた》のように垂れ下がるという模様だ。二つの房が象《かたど》るのは、楕円《だえん》とも馬蹄《ばてい》とも呼べるような形であり、その中の部分には「加」の一文字が記されていた。

「下がり藤に加文字。飯丹氏の家紋です」

　監物が言う。主とその一族の旗らしい。目立っているのは、そういうことか。

「見《まみ》ゆるは、久方ぶり」

　監物の顔に、獰猛《どうもう》な笑みが浮かぶ。冬松と飯丹は長く争ってきたという話を思い出す。元々冬松の将である彼にとっても、宿敵なのであろう。

「いつでも飛び出せるように」

鴻子は短く指示を出す。口取りたちが、注意深く移動を始める。森の中で馬を動かすのは難しい。相当に神経を使うはずだ。

鴻子の部下たちも、「その時」に備え始める。もう、誰も喋ろうともしない。張り詰めた緊張だけが、辺りを満たしている。

——どくん、どくん。鴻子の心臓も、高鳴っている。緊張しているのか？　それは勿論《もちろん》だ。さすがに、目の前に大軍がいて奇襲を掛けねばならないという状況では、多少なりとも硬くならざるを得ない。

しかし、鴻子の胸を最も激しく脈打たせるものは、他にあった。

それは期待。あるいは渇望。鴻子は待ちかねているのだ。待ちわびているのだ。戦が、始まることを——

——その音は、天地を揺るがせるかの如く轟《とどろ》いた。初めて聞く鉄炮の音は、想像よりも遥かに凄《すさ》まじかった。

そして、その効果もまた想像以上のものだった。

手近にいたのは、三角形を丸で囲んだ紋を掲げた一団だったが、ほとんど壊乱といっていい程の様相を呈した。馬は次々に暴れだし、乗り手を振り落として走る。留《とど》めようとした足軽が蹴《け》り飛ばされて昏倒《こんとう》し、助けに行く者と馬から逃げようとする者が錯綜《さくそう》する。完全に、隙が生まれている。

「行くぞっ」

監物は叫ぶと、馬に跨《また が》る。槍《やり》持ちから槍を受け取るや、馬の腹を蹴り真っ先に森から飛び出す。

「高野監物隆次《たかつぐ》、一番槍頂戴《ちょうだい》つかまつる！」

——将が己の命を軽《かろ》んじるのは、褒められることではない。もし討ち死にすれば、その時点で彼が指揮していた集団は瓦解《が かい》してしまう。言うまでもなく、大きな損害だ。

しかし、命知らずの猛将には代え難い価値もある。兵が、奮い立つのだ。

怒号のような雄叫《お たけ》びが巻き起こる。中心となっているのは、勿論監物配下の将兵だった。騎馬も徒歩《か ち》も関係なく、一様に全力で駆け出している。この前の調練で、監物側で奮戦していた面々も見出《み いだ》せる。

猛進するのは、鴻子の配下の皆も同様だった。まるで引きずられるようにして、鬨《とき》の声《こえ》と共に敵陣を目指している。熱が伝播《でんぱ》しているのだ。火にかけた鍋《なべ》の水が煮えたぎるように、監物の存在に全員が焚《た》きつけられている。

敵が、慌てて迎え撃とうとする。落馬を免れた将が下知し、槍を持った者たちは穂先を並べ、弓を持った者は矢をつがえる。

しかし、その態勢は簡単に乱れた。再び、鉄炮の音が響いたのだ。折角整列した槍はばらばらになり、矢は射手の手から離れて地面に落ちる。落馬を免れた将は、馬を抑えるのに必死で指揮どころではなくなる。

そこに、監物が突っ込んだ。馬蹄が周囲の足軽を蹴散《けち》らし、将の首元に槍が抉《えぐ》り込む。

「敵将、討ち取ったり！」

将が馬から転がり落ちるなり、監物の大音声が鴻子のところまで響いてきた。続けて、こちらの軍勢が喚声を上げる。喚声はそのまま鬨の声へと変わり、伏兵たちは次々に敵陣へと突っ込んでいく。戦いが――始まった。

「太鼓を打て」

鴻子は、軍配を振りかざしてそう命じた。太鼓を背負った足軽は立ち上がり、しっかりと踏ん張る。そして、別の足軽がばちで太鼓を叩き始めた。

どーんどんどっ、どーんどんどっ、どーんどんどっ、どんどんどんどん。襲撃を始めた、という合図の叩き方だ。太鼓は大音量で響く。これなら、本陣までも届くだろう。

「我々も前へ出るぞ」

言って、鴻子は馬に乗った。「乗った」と一言で言うには手間取りすぎたが、それでも練習の甲斐《かい》あって多少なりとも様にはなっている。

馬は、あの鼻風邪である。相変わらず生意気な気配を感じさせるが、一方で太鼓やら鉄炮やら鬨の声やらにも怯《ひる》んだ様子を見せておらず、中々侮れない。

鼻風邪は堂々と歩み、鴻子を森の外へと運んだ。

「しっかり旗を立てよ」

鴻子は指示を下す。太鼓が鳴りっぱなしなので、ほとんど怒鳴り声である。監物や木工助のように通らない鴻子の声だが、どうにか聞こえたらしい。足軽は旗を広げると、背中の筒に差して掲げた。

唐花紋が、風を受けてはためく。風を受けた旗の重さに足軽はよろめくが、どうにか踏ん張った。

旗の脇で、鴻子は戦いを見つめる。監物のような槍働きはかなわない。しかし、将としての仕事はできる。ここに、いることだ。

――兵の心の底には、常に自分が見捨てられるのではないかという不安がある。敵味方入り乱れた状態で、全体の趨勢《すうせい》など分かるはずもない。いつの間にか自分だけが取り残されるのではないか、という懸念は常に付きまとう。自分だけが危険な目に遭わされているのではないか、という疑いが消えることはない。

それを払拭《ふっしょく》するのだ。目立つことで将に見捨てられてはいないと安心させ、目立つという危険を背負うことで将も同じ死地に立っていると信頼させる。これもまた、一つの戦い方なのである。

兵法書においても、兵と苦労を共にすることの大切さは説かれている。「将必ず己を先にす」。一緒に戦ってくれる。苦しみを分かち合ってくれる。そう思える相手のために、兵は命を賭《か》けるのだ。

監物や、彼の郎党たちが駆け回っている。獲《と》った首を提げていたりすることはなく、身軽に動いている。鴻子の命を忠実に実行してくれているのだろう。

敵はというと、なすがままだった。最初の的となった三角形に丸の一団は逃げ出し、他の隊も次々に潰乱《かいらん》している。

これは監物や兵たちの頑張りもあるだろうが、おそらくそれだけではない。「友崩れ」が起こり始めているのだろう。崩れて逃げ惑う隊につられて、他の隊まで敗走を始めてしまうという事態だ。

ひょっとしたら、という希望が浮かび上がってくる。大軍であれば、一度《ひとたび》混乱すれば統制を取り戻すのは難しい。ひょっとしたら、このまま勝てるのではないか？

——結論から言うと、その見通しは甘すぎた。

低い音が、した。重く轟く一方で、跳ねるような響きも感じさせる。

それまで生き生きと暴れ回っていたこちら側の軍勢の動きが、鈍り始めた。一体何事かと鴻子は戸惑う。

「来やがった」

太鼓を叩いていた足軽が、その手を止める。

「飯丹百騎だ」

顔に浮かぶのは、明白な恐怖。

――そして。彼らが姿を現した。

端的にたとえるなら、姿を持つ暴風。砂埃《すなぼこり》を巻き上げ、あらゆるものを吹き飛ばす。冬松の兵を、その戦意を、そして傾いていた流れを――全て。

騎馬の軍団である。数は決して多くない。こちらの伏兵でも、まとまれば戦えないことはない規模だ。

しかし、それが無理だということは明白だった。確かに戦いは数だ。多い方が勝つ。しかし、その数にさほどの差がないならどうなるか。「強さ」が決め手となるのである。

騎兵たちは、凄まじい勢いで辺りを駆け巡る。あるいは槍を振るい、あるいは馬に乗ったまま弓を引き矢を放つ。勢いに乗って攻めていた冬松の伏兵たちは、完全に乱れた。

現れた騎兵たちに、自軍の混乱は影響していない。大軍であれば、一度混乱すれば統制を取り戻すのは難しい。しかし、規模の小さい集団だと話は別だ。その集団の統率が取れていて、個々人の技量や戦意が優れて高ければなおのことである。

一人の騎兵が、「下がり藤に加文字」の旗を掲げて駆け抜ける。馬に乗った武者が旗を捧《ささ》げ持っているのだ。

足軽ではなく、優れた武者をただ旗を持つことだけにあてがっている。有り余るほどの余裕と、圧倒的なほどの矜持《きょうじ》が感じられる。これが——飯丹百騎。

「退《ひ》き太鼓を」

鴻子は迷わず命を下した。もとより少人数での奇襲である。これ程までに迅速な対応を施されたら、粘れば粘るほど不利になるばかりだ。

どん、どどん、どどん、どんどん。事前に指示しておいた通りの拍子で、足軽が太鼓を繰り返し叩《たた》く。味方の伏兵が、後退を始める。

「我等も下がるぞ」

鴻子は周囲の足軽に声を掛けた。鴻子の馬に乗る技術では下手をすると逃げ遅れてしまうので、早め早めに動く必要がある。かといって、大将が一目散に逃げたという形になってしまってはならないので、匙《さじ》加減が難しい。

——事態は今や大きく変化した。相手側のたった一手で、状況が完全に変わってしまったのだ。やはり、本物の戦は簡単にはいかない。

しかし、鴻子は全く怯《ひる》まなかった。むしろ、頭がより高速に回転し始める。目まぐるしく変わる状況に、どう対処すべきか。上手に落着させる手立ては、どんなものがあるか。

鴻子は熱中する。心臓が激しく高鳴っている。ぎりぎりのところで知恵を駆使する緊張感が、鴻子の体中の血液を沸き立たせるのだ——

「名のある敵将と見たっ」

そんな声が、離れたところから鴻子に浴びせかけられた。見ると、一人の鎧《よろい》武者がこちらへと馳《は》せてくる。その手綱さばきの見事さからして、一角の強者《つわもの》であることが分かる。

「どけい！」

近くにいた冬松側の足軽たちを文字通り蹴散らし、鎧武者はまっしぐらに鴻子へと向かってきた。槍を振り回している。その穂先は誰かの血で朱に染まっていた。

「高幡半六郎定久《たかはたはんろくろうさだひさ》、参る！」

飯丹百騎が現れた時点で、こういう展開が起こりうることも考えてはいた。鴻子は、軍配を構える。しっかりした作りだから、敵の武器を受けることもできるだろう。

勿論《もちろん》、武芸についてはさっぱりである。しかし最初の一撃、それさえ凌《しの》げばどうにかなる。いざ尋常に一騎討ちなど、実際の戦場では滅多と起こらぬものだ。

「福田様をお守りしろっ」

足軽たちが、鴻子の周りを囲んで盾になろうとする。しかし、高幡なる武者の勢いを押しとどめることはかなわない。

距離がどんどん詰まる。鴻子は軍配を握りしめる。

「その首、もらったぞ！」

いよいよ、高幡が突っ込んできた。その表情さえよく見えるほどの近さ。くわっと目を見開き、鴻子を見据えている。首を取り名を上げんと、全身に闘志を漲《みなぎ》らせている。

――そこに。一本の矢が飛来した。

高幡が、呻《うめ》き声を上げる。全身を鎧で覆った彼の、僅《わず》かに露《あら》わになっている所――すなわち顔に、一本の矢が深々と突き立ったのだ。

もっと詳しく言うのなら、眉間《みけん》だ。人体の急所を、真っ直ぐに貫かれたのである。

ぎらついていた高幡の目から、一瞬にして光が消えた。高幡は脱力し、馬から転がり落ちる。主《あるじ》を失った馬は、そのまま走り去ってしまった。

後ろを振り返る。そこには、馬に乗り弓を構えた次郎左がいた。といっても、すぐ真後ろではない。遥《はる》か彼方。顔もはっきり分からない程のところだ。これだけの距離で、狙い過《あやま》たず眉間を撃ち抜くとは。

次郎左は一方の手に弓を持ち、手綱を持たず馬を走らせ始めた。こちらへ向かって駆けつつ、背負った矢筒から矢を一本抜く。

鞍《くら》から腰を浮かし、体を少し前に傾けるような姿勢で弓に矢をつがえる。動きは力強くかつ滑らかで、どこか優雅でさえある。

次郎左は、矢を放った。戦場の喧噪《けんそう》の中にあってなお、その弦音《つるおと》が聞こえたかのように鴻子は感じた。

矢は飛翔《ひしょう》する。一体誰を狙ったものなのか？　それはすぐに分かった。一人の騎馬武者が、矢の行く手に現れたのだ。

いや、その表現は正しくはない。矢は、その騎馬武者の走る先目掛けて放たれていたのだ。馬の速度から到着する地点を予測し、先回りするようにして射られていたのだ。

騎馬武者の首元に、矢は命中した。その勢いで騎馬武者は吹き飛び、地面に転がって動かなくなる。まず、神業といっていい。

冬松側が、歓声を上げる。

「これが、音浜の神箭《しんせん》よ」

「思い知ったか」

青ざめていた冬松の兵たちの顔に、生気が蘇《よみがえ》る。向こうに傾いた流れが、再びこちらに引き寄せられたようだ。

「怪我はないか」

傍らにやってきた次郎左が、声を掛けてくる。

勿論、全身を鎧に身を包んでいる。派手さや華やかさを拝した、実用性や動きやすさを優先しただろう雰囲気だ。兜《かぶと》はいかにも武者な兜ではなく、頭の形に沿うように丸みを帯びつつ頂点の部分が少し窪《くぼ》んだもので、装飾的な細工も最小限だ。目立つのは前立て——額の部分の飾りで、山形を逆にしたような尖《とが》ったものである。

勿論《もちろん》鴻子は、冬松を発《た》つ前に次郎左の鎧兜姿を見ている。しかし、今の彼はその時と全く異なっていた。言ってみれば、剥《む》き出しなのだ。普段の次郎左とは違う、まさしく鏃《やじり》のような鋭利な空気を身に纏《まと》っている。

「はい。助かり申した」

鴻子がそう答えると次郎左は頷《うなず》いた。そして、大声で叫ぶ。

「者ども、よく戦った！　退けい！　手傷を負った者を、できるだけ連れ帰るのだ！」

木工助や監物に負けずとも劣らない、とても大きな声だ。張りや明瞭《めいりょう》さで言うと、あるいは次郎左の方が上かもしれない。やはり彼も武士なのだと鴻子は思う。

その声に従い、冬松側が後退を始める。ばらばらではなく、秩序だった集団として動いている。次郎左が現れたことにより、兵たちは冷静さを取り戻していた。

飯丹側はというと、それに攻めかかることをしなかった。退く時というのは、最も軍勢が弱くなる時である。逃げるのを追いかけて討ち取った首は、価値が下がるほどだ。それなのに、なぜだろう。

飯丹の軍勢から、一人の男が進み出た。見るからに気性の荒そうな馬をいなしながら、傲然《ごうぜん》とこちらを眺めている。

誰に教わらずとも、鴻子は分かった。あれが、飯丹大和守だ。

立派な体格。やや細身の次郎左とは異なり、縦にも横にも大きい。がっちりとした顎《あご》と鼻の下に蓄えた髭《ひげ》が、威厳と貫禄《かんろく》をいや増している。

狙い撃たれる危険を、大和守はものともしていない。何人もそのような行いはできないと考えているかのようだ。

大和守は、次郎左を見やった。大和守の視線を、次郎左は平然と受け止める。

続けて、大和守は鴻子に目を向けてきた。

「――っ」

思わず、鴻子は身を硬くする。ただ見られただけで、肝を鷲掴《わしづか》みにされたような圧迫感に襲われたのだ。

耐えきれず、視線を外す。よく平気でいられたものだと、次郎左の方を見てみる。

そして、鴻子は息を呑《の》んだ。次郎左は、弓を持たない方の手で固く手綱を握りしめていた。手が、震えるほどに。

大和守が堂々と敵前に身を晒《さら》す理由を、鴻子は理解した。誰も狙い撃たないのではない、狙い撃てないのだ。おそらくは――次郎左でさえも。

大和守は二人を見比べてから、落ち着き払った所作で馬の頭を巡らせ、その場を去っていった。飯丹の軍勢が、それに続く。

「ふん」

次郎左が、苦笑した。

「上出来だ。それに免じて、今日のところは見逃してやる――といったところか」

鴻子は、出陣前の話を思い返す。飯丹の兵の多さについてだ。大和守と次郎左の態度の差に、それが表れている。

「次郎左、もう少しこの場で敵の様子を窺《うかが》ってもよいか」

鴻子は次郎左に頼んだ。できるだけ、敵情を見ておきたい。

「うむ。殿《しんがり》は図書頭が務めるが、そこから離れぬ程度にな。——おい、乗っているのはあまり上手《うま》くないかもしれないが、大目に見てやれよ」

次郎左は鼻風邪にそんなことを言うと、本陣へと去っていった。

「やかましい」

ぷいっとそっぽを向く。次郎左の冗談が通じたのか何なのか、鼻風邪は普段よりも神妙な態度である。

交差した扇を丸で囲んだ家紋——図書頭の旗を掲げた一団が進み出てきた。彼らは盾になって戦い疲れた伏兵を下がらせてから、自分たちも下がるのだ。最後尾を守る殿を。殿を任されるのは優秀な将の証《あかし》である。図書頭に対する次郎左の信頼のほどが窺える。

馬を移動させながら、敵軍を見やる。改めて一望してみると、なるほど飯丹の軍勢は多かった。雲霞《うんか》の如き大軍とまではいかないが、冬松側との差は明らかだ。次郎左が援兵を全面的にあてにして作戦を練るのも分かる。打って出るのは、今回限りだろう。明日以降は冬松に戻り、門を閉ざして籠城《ろうじょう》策を取る他ない。

潮が引くように、飯丹勢が下がっていく。ある程度距離を取って立て直しつつ、日が暮れる前に丘を越え城まで近づいてくるだろう。しかし、そのまま攻めることはないはずだ。

——城郭は、取り囲んでじっくり攻めるのでもない限り、一日で落とすのを目指すものである。中途半端に落としきれない状態で夜を迎えたら、安全なところまで離れて野営することになる。勝手の分からない敵地では、どこからどんな奇襲を受けるか分からないからだ。すると防御側は、日が昇るまでに態勢を立て直してしまう。

そういう遷延を避けるために、早めに野営し、夜の間に準備を進め、夜明けと共に攻め込むのが基本なのである。今回飯丹側が追ってこなかったのは、その辺りを考慮に入れている面もあるだろう。

しかし、と。鴻子は不思議に思う。その「基本」は、あくまで守備側に助けがない状況が前提である。冬松に援兵が来れば、そんなにのんびり戦ってはいられない。あの飯丹大和守は、明らかに百戦錬磨の将だ。こんな単純なことに、気づかないはずがないのだが。

何か、意図があるのか。飯丹側の立場になってみて考える。自分が向こうにいるなら、どう攻めるか。どんな手を打つか。

今とは反対側に立って、軍勢を「動かして」見る。頭の中に地図を思い浮かべ、そこに目の前の軍勢を重ね合わせるのだ。

本来ならとても疲れる作業なのだが、今は平気だった。まだ高揚感が残っている。心臓は力強く脈打ち、鴻子の全身に興奮を送り出している。

想像上の軍勢はさておき、本物の飯丹は粛々と退《ひ》いていく。冬松も、こちらへ下がってくる。後に残されるのは――討ち死にした者たちの亡骸《なきがら》だ。

――ずん、と。鴻子の胸に、何かひどく重いものがのし掛かった。全身の熱が、急速に冷めていく。

遠目には分からないが、死体の大半は飯丹のはずだ。冬松側の被害はごく僅かだろう。鴻子の指示が功を奏し、相手の混乱は大変なものになった。あれではまともな戦闘はとても行えない。冬松側に被害が出たとすれば、飯丹百騎が襲来した際に討たれた者が、少々いたくらいに違いない。

――駄目だった。筋は通っているかもしれない。しかし、どこまで行っても言い逃れだ。責任を免れるための理屈は、脆弱《ぜいじゃく》になることを免れられない。今鴻子が組み立てたものも、たったの一突きで崩れてしまう。たとえばこんな感じに。「飯丹の人間は、死んでいい人間なのか?」

いや、悩むのはおかしい。今回の作戦は、自分の立てたものではない。用意された役回りを、ただこなしただけだ。自分がやらなければ、他の誰かがやったことだ。

――無駄だった。勿論、端から見ればそうだろう。事実関係だけを並べれば、鴻子は指示に従って動いた一人の将である。自分の役目を、誠実に果たそうとしていたとも言える。

しかし、それはあくまで、端から見ればの話だ。

自分自身を誤魔化すことは、他人を騙《だま》すことよりも遥かに難しい。自分が嘘をついた瞬間を、自分だけはよく見ているからだ。

この葛藤を克服するには、特別な何かが必要になる。「己をも偽るほどの詐術」を身につけるか、「心を痛めつけ」己を見つめる働きを弱らせるか。「何事にも揺るがぬ信念」をあらゆる倫理や良心の上に置くか、「敬虔《けいけん》な信仰」によって救済を得るか。

残念ながら、いずれの手段も鴻子は取り得ない。自らを詐り欺《いつわ》く術《すべ》は持たず、心は無用なところで頑丈であり、信念というものに懐疑的で、信仰を持たない。

逃げ場はない。鴻子自身が、鴻子を断罪する。

——お前は、人の命を駒にして、将棋を指していたのだと。

興奮していた。熱くなっていた。人同士の命の取り合いを指図することを、鴻子は楽しんでいたのだ。恐れていた事態だった。いつの間にか、そう、いつの間にか呑み込まれてしまっていた。

かっ、と体が熱くなる。羞恥《しゅうち》や悔恨が体を灼《や》いた——それもあるだろう。しかし、主たるものはそれではない。

炎だ。いつの間にか、燃え盛る炎が鴻子の周囲を取り囲んでいたのだ。

炎は、どんどん輪を狭めてくる。ものが燃える匂い、肉が焦げる異臭が鼻を塞《ふさ》ぐ。

――がし、と。誰かが鴻子の足を掴《つか》んだ。

それは一人の公家《くげ》だった。全身を膾《なます》のように斬り刻まれ、着ている狩衣《かりぎぬ》は真っ赤な血で染め上げられている。

「同じだ」

公家が顔を上げた。その額は割れ、鮮血をどくどくと溢《あふ》れさせている。その血は両目の上から流れ、さながら血涙の如く地面へと滴り落ちていた。

「お前も同じだ。奴らと、同じだ」

公家は――鴻子の父は、地面の底から響いてくるような声で、そう言った。

第四章　昼寝姫、振り返らぬ

「――はっ」

がばり、と。鴻子《こうこ》は身を起こした。

辺りを見回す。そこは室内で、鴻子はふわふわと柔らかい寝台の上にいた。暗く、燭台《しょくだい》の明かりが微《かす》かに輪郭を浮き上がらせているのみだ。

「起きたか」

その中に、次郎左《じろうざ》の背中があった。いつもの小袖《こそで》姿ではなく、鎧《よろい》の下に着るための鎧下という服を身に纏《まと》っている。袖も袴《はかま》も、小袖より動きやすそうな形のものだ。

「ああ――」

鴻子は、絡まった夢と現実の記憶を解きほぐす。

「ああ、起きた」

――勿論《もちろん》、あの場でいきなり火に包まれることなどなかった。「血塗《ちまみ》れの公家」も、現れてはいない。そもそも、馬に乗っていた鴻子が倒れた人間に足を摑まれる道理はない。

丘から死体を見て、強い衝撃を受けたのは事実だ。しかし、その後は何とか平静を取り戻して城に戻った。

鴻子の配下の足軽に、死者はいなかった。あの斬り込んできた高幡《たかはた》なる武将に蹴散《けち》らされた者たちも深手を負ってはおらず、丸嶋屋《まるしまや》が揃えた防具の質を証明する形になった。

飯丹《いいたみ》を撃退したことに沸く皆と言葉を交わし、明日に備えての軍議にも参加し、それから休むべく部屋に戻り、寝台に身を横たえた。すると、夢を見てしまったというわけだ。

鼻の奥には、まだあの焦げ臭さが残っている。遠い昔とは言え実際に嗅いだ匂いだから、体が覚えてしまっているのだ。

「うなされていたな。しっかり休まねば、明日は朝から忙しいぞ」

次郎左が、背中を向けたまま言ってきた。

「うぬこそ、休まずに大丈夫なのか」

鴻子は、そう訊《たず》ねる。うなされていたことから、話を逸《そ》らしたい。

「そちが起きる前に少し寝た。そもそも一日やそこら寝なかっただけで倒れていては、大将など務まらぬしな」

そこまで言って、次郎左は鴻子を振り返ってきた。滅多にないことだ。

「そちは、何を悩んでおる」

「別に、――何も」

平然と答えるつもりが、言い淀《よど》んでしまった。いつも通り背中を向けたままだと油断していたら、いきなり振り向いてきたので狼狽《うろた》えたのだ。

「話さぬか。ここからの戦いはどんどん苦しくなる。そちがそのような有様では困る」

次郎左の言葉は、普段よりも更に厳しく感じられる。

「しかし解せぬ。戦にせよ調練にせよ、そちは目を輝かせ熱心に取り組んでいたではないか。急に、何があったというのだ」

鋭い指摘である。次郎左は、鴻子をよく見ている。

「何もない」

鴻子は、それだけ言うと寝台に再び潜り込んだ。これ以上、見られたくない。自分でも見たくなくて目を背けているところまで、見透かされてしまいそうだ。かくなる上は、この寝台に立て籠《こ》もるしかない。

「頑固なことだ」

呆《あき》れたように次郎左が言う。

「致し方ない。奥の手を使うとするか」

「悔しい」

鴻子は呻《うめ》き声を漏らした。

「悔しいが、やはり良い風呂《ふろ》じゃ」

鴻子は湯帷子《かたびら》を着用し、蒸《む》し風呂の中にいた。戦で疲れきった心と体に、熱を帯びた蒸気がことのほか染み渡る。

「焚《た》く人間も良いのだ。風呂焚きに関しては、冬松でわしの右に出る者はおらぬ」

そんな声が、外から聞こえてきた。次郎左である。それを自慢するのかという感じだが、次郎左の声は大真面目だ。

「わしは今でこそ重要な地を任されておるが、元々は貧乏でな」

続いて、次郎左は昔話を始める。

「従者の類《たぐい》もほとんどおらず、何でも自分でせねばならんかった。元服前には筑前殿《ちくぜん》の下で世話になっていたが、そこではわしが従者のようなものだったしな。そういうわけで、自然と色々上手《うま》くなったというわけだ」

「なるほどのう」

鴻子は呑気《のんき》な相槌《あいづち》を打つ。まあ話題が呑気なのだから当たり前だが、現状は一切呑気ではないのにいいのかという気にもなる。

「しかし次郎左、もし敵が攻めてきたら何とする。大将が風呂を焚いていて戦に負けるなど、天地開闢《てんちかいびやく》以来の大失態であろ」

「なに、心配要らぬ。この状況にあって、飯丹がそのような行動に出る理由がない。こちらには援兵も来ぬからな」

　さらりと、次郎左はとんでもないことを口にした。

「それはまことか」

「ああ。そちが寝ている間に、六七郎《ろくしちろう》が戻った。滝山《たきやま》城からの援兵はないということだ」

「なぜじゃ。兵が集まらなんだか」

　よくあることだ。わざわざ負けている方に味方する人間は少ない。負ければ負けるほど人が離れ、より勝てなくなるのである。

「いや。滝山城は、三好《みよし》の重鎮たる松永弾正忠久秀《まつながだんじょうのちゅうひさひで》殿の城だ。冬松《とうまつ》などよりも、よほど軍勢を揃えられよう」

「ではなぜじゃ。その松永ナニヤラが裏切ったか」

　これもよくあることだ。どうせ味方するなら勝つ方である。身内だろうが何だろうが、裏切る時には裏切るという人間は少なくない。大きな戦いの勝敗が武将の寝返りで決まることは過去の歴史においても度々あったし、これからもきっとあるだろう。

「違う、違う。弾正殿はそのようなお方ではない。三好一族の人間ではいらっしゃらないが、それでも長きにわたって筑前殿を支えてこられた重臣中の重臣だぞ」

　次郎左が苦笑する。

「では、次郎左がその弾正とやらに嫌われているとかか」

前二つほどではないが、これまたよくあることだ。馬鹿馬鹿しい話だが、「気に食わない相手や考え方に対して嫌がらせをしたい」という欲求は、時に強い動機となって人間を動かす。権力を持つ人間がそれに取りつかれた時の悲惨さは、目も当てられない。

「それはない、と思う。そもそも弾正殿は殿のお側に控えておられるから、通常滝山城にはいらっしゃらぬし。何か催し事などがあると別だが」

「そうなのか」

「滝山城には弾正殿のご家来衆が詰めておいでだが、その方々にもよくして頂いておる」

「なるほどな。ではますます解せんぞ。一体なぜ援兵を出してもらえぬのじゃ」

鴻子は首を傾げる。考えられる理由は全部並べてみたが、全て否定されてしまった。

「周囲の勢力の動きが不穏で、安易に兵が動かせる状況ではないとのことだ」

次郎左が、そう言った。

「いかにも兵を動かしたくない時の方便のようだが、六七郎によると事実らしい」

「ふむ」

鴻子は六七郎の顔を思い浮かべる。最初はニヤニヤしているばかりだったが、自分の非礼を詫《わ》びたり、争いを一生懸命仲裁しようとしたりと、根は誠実な青年だ。木工助《もくのすけ》ほど脳天気でもないだろうし、報告には信頼を置いてよいだろう。

「ならば他の城はどうじゃ。別に、そこだけが三好の拠点というわけでもあるまい」

「それが、どこも動かせないらしい。滝山のように不穏な様子があるというだけではなく、冬松と同じく小競り合いが起きているところもある」

次郎左が説明する。

「他にも民が借金の帳消しを求めて蜂起《ほうき》するそぶりを見せるとか、怪しげな噂が飛び交い将兵の間に疑心暗鬼が生じ始めているとか、周辺の拠点はどこも示し合わせたように困難に見舞われているらしい」

話を聞きながら、鴻子はふむと考え込んでしまう。何か、妙だ。

「六七郎の帰りが遅かったのも、そういうことだ。出たからには何とか兵を連れて帰ろうとして、あちこちかけずり回ったらしい。遠駆けでは冬松一の六七郎がこれ程までに遅いとは、何かあると思ってはいたが――」

そこで、次郎左は言葉を切る。何か言いかけてから、やめたような感じがある。

「何者かの暗躍を疑っておるのか」

そう訊ねてみる。この違和感を、彼も持っているのだろうか。

「ああ」

次郎左はそう答え、すぐに打ち消す。

「しかし、証拠はない」

「証拠はなくとも、できる人間は限られておるであろ。推測するだけならそれで十分じゃ。

もしや、公方《くぼう》ではないのか」

「――驚いたな」

ややあってから、次郎左が言う。考えていることは、同じだったらしい。

「なぜ、そちはそう思う？」

次郎左が質問してきた。鴻子の考え方を知りたい、といった雰囲気だ。

「人を一番動かしやすいのは利だ」

そこで、説明を始める。

「しかし人の利というものは、それぞれで違う。誰かにとっての利は、他の誰かにとっての害であったりするからの。大勢を一度に動かそうとすれば、個々の利害が衝突し合い、身動きが取れなくなってしまう。

それを上手《うま》く御するのが『権威』だ。ひとまず尊重すべき存在を置き、その権威と参加する面々を個々に繋《つな》ぐ形にすれば、各々《おのおの》がぶつかることなく力を合わせられる。侍の世界のことはよく知らぬが、未《いま》だ『征夷大将軍《せいいたいしょうぐん》』にはある種の重みが備わってるのであろ？」

「そうだな。武士の棟梁《とうりょう》、押し戴《いただ》くべき存在だという感覚はある。将軍の御為《おんため》、という言葉には、抗しがたい魅力を感じてしまう。敵対する側に身を置いておるのにな」

次郎左の声に、不思議そうな色はない。納得のいく説明だったのだろう。

「なるほどな」

鴻子は、蒸気で湿った風呂の壁に指で円を描き始める。誰に見せるわけでもないし、そもそも暗くて自分でも見えない。しかし、ものを考える時はついつい絵を描いてしまう。

「三好という大きな勢力が、畿内《きない》にある」

まず、大きな円を描く。

「周囲には三好に従う者が多い一方で、内心よく思わぬ者も少なくない。しかしいずれも小さな勢力であり、独自に三好に立ち向かうことはできない。かといって、互いに協力することも難しい」

その周りにいくつも小さな円を描く。

「そこで、皆が戴きやすい『権威』を持ってくる。そして、その『権威』のために戦うという名分を用意する」

少し離れた所に四角を描き、小さな円と一本ずつ線で結ぶ。

「そうすれば、小さな勢力は三好を包むように取り囲む網となる」

最後に、小さな円を線で結んでいく。大きな円は、小さな円の結びつきによって作り出される更に大きな円の内側に囚《とら》われる。

「──次郎左。うぬは『合従《がっしょう》』を知っておるか？」

「唐土《もろこし》の歴史書にある話だな。小さな勢力が盟約を結び、力を合わせて大きな勢力に立ち向かうことが『合従』だ」

次郎左はすらすらと答えた。さすがよく本を読んでいるだけはある。

「ああ。その考え方を基に新たな計を編み出したのだとすれば、これは実に見事なことだ。古い時代の事柄をたずねて、新しい知恵を得るとはな。妾《わらわ》が先生なら絶賛じゃ」

当代の将軍は、第十三代。足利義輝《あしかがよしてる》、といったか。鴻子よりも若いはずなのに、ただ者ではない。あるいは、余程の知恵者が後ろについたか。

「そちがそこまで褒《ほ》めるとはな。では、我々は何とする」

「勝つことじゃ。網に穴を開けて飛び出せばよい。そうすればそこからびりびりと破れてしまうじゃろ」

網というのは、しっかり漏らさないから網なのである。穴が開けばやがてそこは裂け目になり、ずたずたにされてしまう。そうすれば、最早《もはや》網は網でなくなる。

「ようは援兵じゃ。それさえ用意できれば、負けぬ。逆に言えば、援兵なしでは敗北は必至じゃ。必ず救うという軍のない城は、いつかは落ちる定めにある」

「しかし、難しいぞ」

次郎左が、ううむと唸《うな》る。

「筑前殿がおいでの三好山は滝山城より遠いし、もし知らせを送っても現状では冬松を優先して援軍を出してもらえるかどうか分からぬ。三好の元々の本拠地は四国の阿波《あわ》にあるが、よもやそこからの援兵が到着するまで冬松を守りきれるとも思えぬ」

「ふむ。なるほどな」

次郎左の話を元に、頭の中で考えを組み立てていく。やはり風呂はいい。血の巡りが良くなることで、閃《ひらめ》きが得られる。いくらでも、指し手が浮かんでくる――

「――ああ」

鴻子は、呻いた。よく巡る血は、心の底から暗い気持ちをも運んできてしまった。また、鴻子は将棋を指し始めていた。戦いを、遊びにしていた。

「どうした？」

次郎左が、怪訝《けげん》そうに聞いてくる。鴻子は口を開きかけて、結局閉ざした。何と話せばいいのか、分からない。どういう風に表現すればいいのか、思いつかない。

「なんだ。謀《はかりごと》についてはぺらぺら喋《しゃべ》れるのに、自分のことになると言葉にできないのか」

次郎左が、からかうような口ぶりで言ってくる。何か憎まれ口で応酬してやろうかと思ったが、それさえも浮かんでこない。蒸気で温められた血は、ひたすら苦い気持ちばかりを乗せて、体を駆け巡っている。

「話してみぬか」

次郎左の声が、少しだけ優しいものになった。

「主《あるじ》として、右腕がその力を十全に発揮できないでいるのは困る。また夫として、妻が何やら悩んでいるのに力になれないでいるのは寝覚めが悪い」

本当に、少しだけだ。全体的には無愛想なままだし、言い回しも変わらず無器用だ。

「わしはそちに色々助けられた。だったら、そちがわしに助けられてもよかろう」

それでも、彼が鴻子のことを気遣っているらしいことは、伝わってきた。

「ふ」

少しだけ——本当に少しだけだが、鴻子は笑ってしまった。そしてたったそれだけのことで、不思議なほどの変化が起こった。

「長い昔話になるぞ」

どうしてなのか、急に。口も気持ちも、軽くなったのだ。

「水も薪《まき》も十分用意してある」

次郎左が言う。お前の話を、しっかり聞いて受け止めてやる——そんな意味だろう。

——体が、何だか熱くなる。かあっとした感覚だ。鴻子は少し身をよじる。水とか薪とかいうから、変に熱を意識してしまったのだ。そうだ、そうに決まっている。

「本当に、長い話じゃ。妾とて、生まれ落ちたその日から昼寝姫ではなかったからの」

妙な気分を振り払うように、鴻子は話を続ける。

「偲《しの》ぶにも、なお余りある昔——そんな話からするかの」

――鴻子は、鷹峯《たかがみね》家の長女として生まれた。裕福さとは無縁だったが、穏やかな父の公《きん》秀《ひで》と優しい母の相子《そうこ》、生真面目な兄や鷹峯家に仕える家僕たちに囲まれた暮らしは、十分幸せだった。皆で連れだって花見やお参りに行ったのを、今でもよく覚えている。

幼い頃から、本が好きな子だった。兄や父から文字を教わると、すぐに覚えて本を読み始めた。その欲求はとどまるところを知らず、すぐに家中の本を読み切ってしまった――

「なんだ、自慢話か？」

次郎左がふふんと鼻で笑ってきた。

「ええい、茶々を入れるでない。そんなことを言うなら話さぬぞ」

鴻子はむぅとむくれる。

「冗談だ」

次郎左がそんなことを言うが、鴻子は御機嫌斜めである。確かにちょっと自慢したい気持ちもあったかもしれないが、聞くと言ったのだからその辺だって聞いてほしい。

「前々から思っていたが、うぬの冗談には軽妙さというものがない。ごつごつした岩を転がしているかのようじゃ」

「はは、分かった分かった」

次郎左の声は笑いを含んでいる。まったく、人を怒らせて喜ぶとは子供か。

「分かったなら黙って聞くのじゃ、この無粋者め」

ふうと溜《た》め息《いき》をつくと、鴻子は話を再開する。

「まあ、妾も雅《みやび》なおなごではなかったから偉そうなことは言えぬがな」


——鴻子が興味を持ったのは、歴史や軍記物語だった。人と人が智謀の限りを尽くし、誇りと名誉をかけて戦うさまに、強く惹《ひ》かれたのだ。

普通は「源氏物語《げんじものがたり》」辺りを読んで、光り輝くような殿方を想像して胸をときめかせるものだろう。しかし、鴻子の胸を躍らせるのは刀槍《とうそう》や甲冑《かっちゅう》の煌《きらめ》きだった。

父はそんな鴻子を叱りもせず、できるかぎり本を手に入れてきては鴻子に読ませてくれた。母は体が弱く臥《ふ》せっていることが多かったが、鴻子のことを優しく見守ってくれた。

本当に、楽しい日々だった。夢や目標があるわけではなかったが、不安や苦悩があるわけでもなかった。ただ、素敵な時間だけがあった。

——その日が、訪れるまでは。

「幼かったからの。覚えている光景は切れ切れじゃ。何があったのかは、後から知った」

次郎左は黙っている。鴻子の言った通りに黙って聞いている。今は少し話してほしい場面なのだが、融通の聞かない男である。

「京で戦があったのじゃ。不利になった側が、京の隣の近江《おうみ》に勢を張る六角《ろっかく》氏に助けを求めての。六角は引き受け、京に兵を差し向けた」

一旦《いったん》、言葉を切る。ここから先を話すのは、大変な労力を伴う。

「その六角が押し寄せ、京《みやこ》は炎に包まれた」


──誰かに手を引かれ、御所を目指したことは覚えている。

京の人々は、何かことが起こった際に、御所の敷地へと逃げ込むことを常としていた。将軍と同じく形だけの存在になったと言われがちな帝《みかど》だが、それでも帝が住まう所での狼藉《ろうぜき》は概ね避けられていたのだ。

両親と、兄と、使用人たちと。皆で御所を目指した。途中の家々は燃え上がり、悲鳴や怒声が飛び交っていた。至るところに、死体が転がっていた。生きた心地がしなかった。

もうすぐ御所というところで、鴻子たちは一人の僧侶《そうりょ》を見つけた。その視線や仕草から、彼が盲目であることが分かった。おそらくは、琵琶《びわ》法師だろう。

『何卒《なにとぞ》、お慈悲を』

琵琶法師は、命乞《いのちご》いをしていた。己の前に立つ、足軽の集団に向かって。

足軽たちは、琵琶法師をよってたかって槍《やり》で刺して殺した。みな、笑っていた。楽しそうに。愉快そうに。自らに害をなし得ない者を一方的に殺戮《さつりく》するという、下劣この上ない娯楽を満喫していた。

足軽たちが、こちらを向く。瞳《ひとみ》には、野蛮な悦《よろこ》びが周囲の炎よりも赤々と燃え上がっていた。

父が、何事か静かに言って足軽たちの前に立ち塞《ふさ》がった。それが最後に聞いた父の言葉だったが、具体的に何を言ったのか、鴻子は今でもどうしても思い出せない。


鴻子たちは、なんとか御所に辿《たど》り着いた。しかし、一息つくことさえかなわなかった。御所の敷地には、次から次に戦から逃れてきた人々が押し寄せ続けた。遂には収容しきれない程に人数は膨れあがり、やがて見るも無惨な光景が繰り広げられた。

女性や子供が次々に押し潰《つぶ》された。渇して命を落とす者も続出した。少しでも場所を空けようと、人々は敷地を囲む垣根から遺骸《いがい》を外に投げ捨てた。

『どうか、こらえなされませ』

家僕たちにかばわれ、彼ら彼女らが持ち込んでくれた水筒で母や兄と共に唇を湿らせ、鴻子はじっと耐えた。哀しみも、怒りも、何もなかった。ただただ暑く、苦しかった。

――この日。民が多く暮らす下京は、ほぼ全てが燃え落ちた。御所のある上京も、三分の一までが灰となった。

鷹峯の住まいも、焼けてしまった。父の遺体は――遂に見つかることはなかった。


「地獄のようであった。いや、地獄よりもなお酷《ひど》かった。地獄とは重い罪を犯したものが責め苦を受ける場所。あの日命を落とした者たちに、そこまでの咎《とが》はあるまい」

とめどなく湧き上がってくる怒りを吐き出すように、鴻子は言葉を並べた。

「地獄で亡者を責めるのは鬼じゃが、あの日京を焼き尽くしたのは人間じゃ。人が、人をむごたらしく殺《あや》めたのじゃ」

そこまで話して、息をつく。まだ続きはあるのに、いきなり力を使い果たしそうだ。

「出るか？」

次郎左が言った。あまりに端的で分かりにくかったが、少しして気遣いだということが分かった。風呂《ふろ》の熱で、嫌な思い出がより強められないかということだろう。

「よい。あの時とはかたちが違う」

あの御所で味わった熱は、燃やされるような、茹《ゆ》でられるような、燻《いぶ》されるような、苦痛そのものだった。この風呂は違う。優しく、温められるような感じだ。

「ほれ、しっかり焚《た》くがよい。話はまだまだこれからじゃぞ」

一度失われた元気が甦《よみがえ》ってくるのを感じながら、鴻子は話を再開した。


鷹峯家の当主は、既に元服は済ませていた兄の公守《きんもり》が継いだ。不憫《ふびん》に思った親類の支援でどうにか住まいも準備し、鴻子たちは身を寄せ合うようにして新しい生活を始めた。

しかし、平穏は訪れなかった。天災が立て続けに起こったのだ。

大雨による川の氾濫《はんらん》、全国的な飢饉《ききん》、そして疫病。身分の上下なく、あらゆる人々が塗炭の苦しみに晒《さら》された。鷹峯の一家を気に懸けてくれていた本家の当主も病に倒れ、帰らぬ人となってしまった。

鷹峯家の荘園《しょうえん》は近隣の土豪に次々と奪われ、収入が激減した。遂に生活は立ち行かなくなり、一家は遠い親戚《しんせき》を頼って四国の讃岐《さぬき》まで下向することになった。

讃岐についてすぐ、母が命を落とした。元々病弱な彼女は、たび重なる苦労で寿命を著しく縮めてしまったのだ。

『ああ、二人を残していくなんて。口惜しい。本当に、情けない』

死の床についた母は、ずっと鴻子と兄のことを心配していた。そんな母を安心させてあげることが、鴻子たちにはできなかった。安らかとはとても言えない、悲嘆に満ちた不幸な最期だった。

母の死後、鴻子は親戚の家で一日中寝て過ごすようになった。昼寝ばかりしている昼寝姫、と近所の子供たちは囃《はや》し立てたが、どうでもよかった。何をやる気も、起きなかった。

そんなある日、鴻子の元に一人のお坊さんがやってきた。太い眉毛《まゆげ》と丸い顔、そして豪快な笑い方が印象的なそのお坊さんは、近くの証徳寺《しょうとくじ》で住職を務める悟教《ごきょう》だと名乗った。

「証徳寺悟教。そちが、顔合わせの時に出した名前だな」

次郎左が言った。

「驚いたな。よう覚えておるものだ」

木工助が無名の大器を教えろみたいなことを言ってきて、世話になった人を適当に挙げただけのことだ。今の今まで、そんなことがあったのも忘れていた。

「そちのした話は、何でもしっかり覚えておる」

次郎左が、そんなことを言った。

「ははは、今の冗談は面白いぞ」

「冗談ではないのだがな」

鴻子が褒めたところ、次郎左はそう返してきた。これも面白い。中々冴《さ》えている。

「住職は面白い人じゃった。讃岐の親戚も、兄上も、何とか妾《わらわ》を元気づけようと励ましてくれた。しかし、住職は違っていた。好きなだけ寝ればよいと言うたのじゃ」

正直変なことを言う坊主だと思ったが、お墨付きが出たということで鴻子はなおのこと寝まくった。寝て寝て寝倒した。

「住職は兄上に学問を講じに来ておったのじゃが、その頃の世話になっていた家は広くなくての。何を話しておるのかよく聞こえた。最初のうちはやかましいのうと思っておったが、徐々に話の中身が頭に入ってくるようになった。今思えば、しっかり休んだことでもう一度立ち上がるだけの力が湧いてきたのやもな。

まあ、そんなわけで。寝床で転がったまま、妾も教えを受け始めたのじゃ」

和歌や漢詩など、感性の鋭さを問われるものでは兄に及ばなかった。しかしそれ以外の学問で、鴻子は兄に負けなかった。特に、戦や政《まつりごと》については鴻子の独擅場《どくせんじょう》だった。

『姫様。今日からは、姫様はこちらを読んで下さい』

住職はやがて、兄と鴻子を別々に教えるようになった。それぞれの秀でたところを伸ばす、ということだった。兄は歌や詩といった芸術を中心に、鴻子は儒学や歴史、兵法のような帝王学を身につけ始めた。

人々は、鴻子のことをおそれ怪しんだ。まあ無理もない話だ。昼寝姫が起き上がったと思ったら、今度は軍学や政について学び始めたのである。不気味に思うのが当たり前だ。

『崇徳《すとく》上皇辺りの御霊が、憑《つ》いたんじゃないのか』

迷信深い人は、そんな噂をすることもあった。誰かというと、争いに敗れて讃岐に流され、恨みの余り天狗《てんぐ》となって災いを為したという伝説を持つ凄《すご》い存在である。昼寝姫呼ばわりされていたと思いきや、今度は怪異扱いされるようになったわけだ。

『怪《あやしき》を見ても怪しまなければ、その怪はかえって何ともなくなるものだよ』

しかし住職はそんな話に取り合わず、引き続き鴻子に様々な学問の手ほどきを行った。

証徳寺には、驚くほど様々な本が蔵されていた。散逸したとされているものや、そもそも存在が知られていない典籍の写本もあった。

『東国にある「学校」で長く学んで、あちこちに伝手《つて》があるんですよ』

住職にはそう煙に巻かれた。なので、どうやって讃岐の山寺にいながらあれだけ蒐集《しゅうしゅう》したのかについては未《いま》だに謎である。

それらの書の中でとりわけ鴻子に強い影響を与えたのが、とある高名な学者が書いた教訓書だった。当時の公方《くぼう》の妻に送られたというその書は、「女とて侮ってはいけない」と言い切っていた。人を率いて活躍した昔の女性の様々な事例を引いた上で、「女でも、世の中を治めて良いのだ」とまとめられていたのだ。

驚いた鴻子は、住職にこれは本当なのかと訊《たず》ねた。住職は深く頷《うなず》き、教えてくれた。

『その公方の妻も、自分の力を発揮して活躍しました。悪く言われがちですが、世の乱れを収めるのに一役買った部分は確かにあったのではないでしょうか』

鴻子は、密《ひそ》かに一つの目標を立てた。――武士の世に、挑む。女でも人の上に立てるというのなら。鴻子の全てを焼き払った者たちを、燃やし尽くしてやることもできるはずだ。


「あの頃も、あの頃で楽しかった」

あの時の鴻子は、ただ楽しむだけの読書ではなく、目的を持った勉学に明け暮れていた。何かに全力で打ち込むことは、何物にも代え難い「手応《てごた》え」を生む。毎日くたくたになりながらも、充実感に溢《あふ》れていた。

「そうこうしているうちに年月も経ち、学んだことを試す機会もあった。讃岐でちょっとした戦が起こってな、住職と繋《つな》がりがある方に肩入れした。いわば妾の初陣じゃが、見事に勝ちを収めたわ。実際に戦場に出たわけではないがの」

「ほほう」

次郎左が、感心したような声を出す。

「そして、京に戻る日がやってきた。兄上が努力を重ね、いくつかの荘園からの収入を取り戻し、京での生活をもう一度営む目鼻がついたのじゃ」

「大したものだな。一度不知行になった荘園を取り戻すのは、至難の業だ。寺社も貴族も、泣き寝入りすることが多いと聞くぞ」

次郎左が驚いたように言った。

「兄上はよく頑張られた。時には荘園に赴いて直接交渉なさり、時には伝手を頼って有力者にも働きかけていらした」

これは本当のことである。鴻子がついていって手伝ったこともあるが、やはり兄の努力によるところが大きい。やる時にはやる人なのだ。

「まあ。そんなわけで、妾は京に戻ったわけじゃ」


――京は荒れていた。住宅や寺社の再建が進む一方で、御所の傍まで麦畑が迫ったり、道を耕して作物を育てる者がいたり、国の中心という眺めには程遠い感じがあった。

また、何かにつけて賊が暴れ回った。周囲に堀を巡らしたり、町ごとに木戸門を備えて夜には固く閉ざしたりするなど、住民たちもあれこれ防衛の手立てを講じてはいた。しかし完全に防ぎきることはできず、夜中に強盗が押し込んだり、朝に死体が見つかったりすることもしばしばだった。

そんな京の有様を見て、鴻子は早速行動を始めた。男たちは既に防衛に駆り出されていることが多く、集めるのは中々難しい。そこで、鴻子は女性を仲間にすることにした。

とは言っても、簡単に人手が集まるものでもない。最初は、当時鷹峯家に仕えていた暁《あき》子《こ》と二人だった。それでも、鴻子は見事に足軽退治をやってのけた。

京の近くで、記録にも残らないような小競り合いがあった。そこから、歴史にも残らないような小物の足軽たちがはぐれてきた。武器を持った彼らは、京の町で掠奪《りゃくだつ》を働くことを思いついた。

『なあに、ばれやしない』

星月のない、暗い夜だった。彼らは手近な木戸門に忍び寄り、二人いた不寝番を怪我人を装って誘い出し、命を奪うと京の街中に侵入した。

いずれは人の記憶からも消え去るだろう、小さな小さな出来事だ。しかし、沢山の人間が不幸になった。殺された男の一人は、名を善太夫《ぜんだゆう》といった。妻と三人の子供を愛し、猿楽を見ることが楽しみだった。殺されたもう一人の幸兵衛《こうべえ》は、老いた母を甲斐甲斐《かいがい》しく世話していた。貧しくとも懸命な暮らしを送っていた。それが——簡単に奪われた。

『ここにするぞ』

足軽たちは、とある下級貴族の屋敷に狙いをつけた。立派な貴族を狙わなかったのは、返り討ちにあう危険があるからだ。

貴族というと「武張ったこととは無縁」と思われがちだが、実際はそうでもない。住居を堀で囲み襲撃に備える者も多いし、将軍の軍に兵を率いて加わる貴族たちもいる。自分の荘園に下って力を蓄え、大名となった者さえ存在する。そもそも平安の昔から、暴力で揉《も》め事《ごと》のかたをつけようとすることもしばしばあった。貴族は、意外と戦闘的なのだ。

しかし、皆が皆高い戦力を有しているわけではない。生活が苦しくなれば、どうしても守りはおろそかになる。先祖伝来の宝物は手放していないが、それを守るに十分な備えはできていない――なんてこともままある。足軽たちは、そんな家を目敏《めざと》く見つけたのだ。

足軽たちは手に手に武器を構え、押し入ろうとし、そして凍りついた。

――一匹の天狗が、姿を現したのだ。

天狗は、家の塀の上に立っていた。手には大きな楓《かえで》の葉を持ち、それを振るうと様々な怪異が起こった。奇妙な声や大きな音が響き、異様な匂いが砂埃《すなぼこり》と共に垂れ込めたのだ。

『な、なんだこりゃあ』

足軽たちは恐怖した。武器を取り落とし、悲鳴を上げて逃げ出した。そんな彼らの前に、異変を聞きつけ集まってきた町人たちが立ち塞《ふさ》がった。足軽たちは、自分たちの蛮行にふさわしい最期を迎えたのだった。

その間に、天狗は――鴻子は姿を隠した。讃岐で天狗扱いされたことを思い出し、お面を用意して天狗になってみたのだ。成果は想像以上だった。

視線を己に引きつけ、夜の闇の中で「怪異」を起こす――これが基本的な段取りだった。天狗に扮《ふん》した鴻子が相手の視線を集め、その隙に官女の暁子が不気味な笑いをあたりに響かせたり、匂いの強い漢方薬を混ぜたものを扇《あお》いで周囲に充満させたのである。

住職の言葉を、裏返してみたのだ。『怪を見ても怪しまなければ、その怪は何ともなくなる』。ならば、怪しませれば本来怪しくないものも怪となるのである。

この上ないほど、高揚していた。本来、わくわくなどしているような状況ではなかった。弓を持っている者もいたのだ。射かけられたら、一巻の終わりだった。

しかし、恐怖感はなかった。自分は、奴らと戦っている。形は少し違うけれど、かつて憧《あこが》れた戦いの場に立っている。そのことが、とても嬉《うれ》しかった。

鴻子は、仲間を慎重に増やしていった。人を知れば治まり、知らなければ乱れる――書物で読んだそんな文章を参考に、相応《ふさわ》しい女性を仲間に引き入れた。

相当にやんごとなき家柄の姫様から庶民の娘まで、身分は問わずその人柄と能力で選んだ。読み書きができない者も少なくなかったが、絵を描くなど工夫して鴻子は統率した。

人手が増えるごとに、「怪異」は進化していった。たとえば、鴻子と似た体つきの者に同じ格好をさせ、自分が姿を隠すと同時に別の場所から飛び出させた。相手は瞬時に移動したかの如く錯覚し、震え上がった。

火薬を入手してきて、ど派手な「妖術《ようじゅつ》」を使ってみせたこともあった。音も煙もとんでもないもので、正直鴻子たち自身も慌てふためいたが。

『空は飛べないかのう』

『むしろ地に潜りましょう』

仲間たちと、どんな「怪異」について話し合うのも楽しみの一つだった。活発な者も大人しい者もそれぞれ意見を出し、鴻子たちは斬新な「妖術」を生み出していった。

京に天狗が出るという噂が、まことしやかに広まった。天狗が姿を現すのは狼藉《ろうぜき》者の前であったため、きっと天狗は京を守っているのだろうと言われた。なぜか栈敷ヶ岳《さじきがだけ》（京からかなり遠いところにある山である）から来ているという話が広まり、栈敷天狗などと呼ばれることもあった。噂とはいい加減なものだと、笑いあったものだった。

「二人ほど、『天狗』を味方にしようという人間がおったな。一人は、元服したばかりくらいの若侍で──」

「その者のことを、覚えておるか」

変なところに、次郎左が興味を示した。

「ふむ？　まあ、そうじゃな。覚えてはおるな」

鴻子は腕を組んだ。滅多にないことだから、結構記憶に残っている。

「感心な小僧じゃった。足軽どもの狼藉を止めようとしておってな。足軽どもは雇われの雑兵なのか、そやつを殺し口封じしようとしおった。で、見かねて助けに入ったのじゃ。雑兵どもを追い散らしたところ、若侍は言いおったわ。『天狗殿を味方にしたい』と。そして、ずかずかと近づいてきたのじゃ」

正直驚いたものだ。みな天狗を恐れて逃げ惑うのに、彼だけは近づいてきた。

「その時、何ということか面が外れての、咄嗟《とっさ》に扇を広げて隠したわ。その後も天狗の噂は天狗のままだったから、ばれなんだようじゃな。月が明るい夜で、顔が見えてしもうたかとも思ったが」

「どんな風に思った。その、若侍のことを」

なおも次郎左が聞いてくる。

「ずっと前のことじゃ。詳しくは覚えておらぬが、まあ好ましく思ったの。純粋な若者に真っ直ぐ懸命に求められるのは、悪い気はせぬものだ。ちらっとしか見ておらんが、可愛いらしい顔をしておったしのう」

「そうか」

それだけ言って、次郎左は黙り込んだ。まったく、一体何なのだ。

「では、続きを話すぞ」


——賊を追い散らした後、鴻子たちは皆で車座になって飲み食いするのが恒例になっていた。酒が飲めない者は食べる方を楽しみ、早く帰らないといけない者は途中で帰る。気楽な集まりだが、酒好きの飲み方は結構本気で、この頃に鴻子は酒の飲み方を覚えた。

その日も、鴻子は朝まで飲み明かし、家に帰って寝こけていた。すると、屋根裏から声がしたのだ。

『六角の使いとして参った。天狗殿、仕えるつもりはないか』

甲賀《こうか》の忍び、中村公右衛門《なかむらきんえもん》——相手はそう名乗った。一体いかなる術を用いたのかは分からないが、鴻子の正体を知り得たらしい。その地獄耳といい、天井裏に忍び込んでくる隠密《おんみつ》の技術といい、なんちゃって天狗の鴻子よりよっぽど物《もの》の怪《け》じみていた。

しかしそんなことより、六角の名に鴻子は息が止まるほどの衝撃を受けた。京を燃やした連中だ。その懐に、飛び込める。

『まずは、話を聞いてからじゃ』

慎重なことを言いつつ、鴻子は逸《はや》る気持ちを抑えきれないでいた。絶好の機会が、向こうから転がり込んできたのだ。

思い知らせてやる。父の無念を、母の苦しみを、そして鴻子の怒りを。隙を見て六角の町を火の海にして、自分たちのしたことを後悔させてやる。

鴻子は誘ってきた相手の案内で、近江まで行った。そして、六角の本拠である観音寺《かんのんじ》城の城下町を己の目で見た。


「その瞬間、復讐《ふくしゅう》しようという思いが消えてしまった。本当に、綺麗《きれい》さっぱり。跡形もなくなったのじゃ」

鴻子はそこで黙り込む。当時の感覚が、ひどく明確に甦《よみがえ》ってきたのだ。一言で言うなら——喪失感。ずっと大事にしてきたものが、瞬時に朽ち果て霧消してしまったのだ。

「何故《なにゆえ》だ」

次郎左が、聞いてきた。鴻子の様子を感じ取ったのか、下手な冗談を交えてはいない。

「とても、良い町だったのだ。賑《にぎ》わい、栄えていた。許可もなしに、誰でも商売ができる場所でもあった。税さえ支払うことなくな」

楽市。本当に、信じられない光景だった。この冬松でさえ、商人の活動には有形無形の様々な制限がある。武士とは違う大きさと形で、商人たちは自身の縄張りや権利を持っている。大笙屋《おおしょうや》と丸嶋屋にまつわるあれこれが、いい例だ。それを取っ払うことが、できるとは。

「噂には聞いておったが、本当にそうであったか。関で民から銭を巻き上げている者からすると、耳が痛い話だな」

次郎左が、自嘲《じちょう》気味に話す。

「よく言われるのだ。港が取る津料は、港の設備の修繕に使うという建前がある。寺社の支配する関所は、建物や仏像の修理のための勧進——資金集めという意味合いがある。しかし冬松の関所は、単なる金儲《かねもう》けだとな」

「そう卑屈になるな。ああいうことは、簡単にできることではない。近江が大変進んだ地域だから、そして六角の先代が抜きん出た名君だからこそなし得たのだと聞いた」

鴻子は、溜《た》め息《いき》をついた。

「——そしてその先代は、京に兵を送った張本人でもある」

名を、六角弾正少弼《だんじょうしょうひつ》定頼《さだより》。戦でも、政治でも、外交でも優れた手腕を発揮した人物だと、その忍びは言っていた。鴻子が訪れた頃には既にこの世を去り、息子が当主となっていたが、その「遺産」は今も輝きを放っていた。

「加勢したのは、京の混乱が自分のところに及ぶのを防ぐためだったという。向こうからすれば、己を守るための戦いだったのじゃ」

六角は、破壊の限りを尽くすことが目的だったのではない。立派な理由があったのだ。

「己を守るために、他を犠牲にしてよいのかと責めることはできるじゃろう。しかし、だからといって、仕返しであの町を灰燼《かいじん》に帰してしまうことが許される道理もあるまい」

本当に、素晴らしい町だった。笑顔と活気が溢《あふ》れ、誰も彼も生き生きとしていた。茫然《ぼうぜん》とする鴻子に、一人の男性がしじみ汁を振る舞ってくれたのを今も覚えている。道端で煮炊きされたしじみ汁は、素朴なのに深みがあって、美味《おい》しかった。

色々なものが、あの日あの市場で断ち切られた。そして今なお、鴻子はそれを結び直せていない。

「まあそんなわけで、妾《わらわ》は熱意を失ってしまったわけじゃ。六角の誘いも断り、勉強もやめ、天狗の務めも投げ出した。集まった者もみんな離れていった。そして昼寝姫となり、今に至るのじゃな」

深々と息を吐く。こうして自分の来《こ》し方を言葉にしたのは、初めてだ。

何だか、苦笑したい気持ちばかりが湧き上がってくる。改めて振り返ってみると、何事もなし得ていない。

そして、それは全部鴻子の責任だ。山があと一杯の土で完成するというところで放棄してしまえば、あと一杯のところまでは頑張っていたとしても、悪いのは全て自分だ。学問も、京を守る天狗も、あるいは復讐さえも、鴻子は途中で挫折《ざせつ》して投げ出した。鴻子の人生には、完成しなかった中途半端な山ばかりが連なっている。みじめな、眺めだ。

「気休めを言うわけではないが」

次郎左が、話し始める。

「先ほどお主も言っていたが、頭数を揃えようとすればどうしても雇われの雑兵が混じりがちだ。六角とは関わりない、そんな連中が狼藉や掠奪《りゃくだつ》に及んだのかもしれぬ」

次郎左の言わんとするところは、分かる。ひょっとしたら、有象無象の手合いがなした悪行かもしれない。だから、六角に憎しみを向けなくともよい。六角の町を燃やせなかったからとて、葛藤《かっとう》を抱くことはない。そういうことだろう。

「そこで、逆恨みをしなかったのも立派ではないか。普通であれば、『自分たちを苦しめておきながら平和を謳歌《おうか》しているのは許せぬ』と呪うところではないか」

「――違うのじゃ。妾は、復讐を口実にしておったのかもしれぬのじゃ」

しかし、鴻子は首を横に振った。

「戦への強い興味と関心を、父や母の仇《あだ》を討つために必要だからと正当化しておったのかもしれぬのじゃ」

「戦い」の度に、鴻子は昂《たか》ぶった。打ち破り、勝利する度に、滾《たぎ》っていた。戦いそのものに、熱中していた。悪事を働く足軽が相手だった時は気づかなかったが、敵とみなしてきた人々が平和に暮らしているのを見て、ようやく思い当たったのだ。自分の、あり方に。

「兵を楽しむ者は亡ぶ」。証徳寺で読んだ兵法書に、そんなくだりがあった。戦を弄《もてあそ》ぶことは、己の破滅をもって償わねばならないほどに重い罪科《つみとが》なのだ。だというのに、鴻子はまるで道楽のようにそれに触れてはいなかったか。

「そう思うと、急に恐ろしくなったのじゃ。戦を楽しむ自分は、人を踏みにじることに情熱を燃やす人間と言えるのではないか。戦を求める自分は、誰か不幸にすることを望む人間と言えるのではないか。

妾は、人を不幸にする才能があり、それを伸ばすことに心血を注いできたのではないか。己の欲で他者を害《そこな》う、天魔の王の如き者ではないかと」

今回の戦が終わった時、鴻子はそのことを思い出したのだ。戦に出て、命のやり取りを楽しんでから、物言わぬ骸《むくろ》を見てようやく気づいたのだ。かつて自分が恐れていた存在に、なってしまっていた。たとえ流された結果とはいえ、人の生死を己の娯楽とする、邪悪な者に姿を変えてしまっていたのだ。

いや、流されていたというのも多分違う。きっと、心のどこかで望んでいたのだ。誰かに責任を負わせて、自分は戦の愉悦だけを味わいたいと願っていたのだ。鴻子が今まで弄《ろう》してきた中で、一番卑怯《ひきよう》で浅ましい策略だろう。

鴻子は黙り込み、次郎左も何も言わない。静寂が、辺りを満たし始める。

時折、遠くから人の声や物音が響いてきた。防備を固める冬松の人々か、あるいは攻める準備を整える飯丹の軍勢か。

「委細、承知した」

次郎左が言った。

「その苦悩を解く手立てを、わしは持っておる」

迷いのない、自信に溢れた声だった。

「大きく出たな」

苦笑を禁じ得ない。そんな手立てがあるなら、是非拝聴したいものだ。

「簡単なことだ。――鴻子よ」

次郎左が、鴻子を名で呼んできた。きっと、初めてのことだ。思わずどきりとしたところに、次の言葉がやってくる。

「わしを信じよ」

漠然としすぎている。どの部分を、どう信じればいいのかさっぱりだ。

だというのに、不思議なほど次郎左の言葉は胸に響いた。次を、じっと待ってしまう。

「兵を好み、争いを欲する。なるほど、確かに災いだ。兵は凶器であり、争いは逆徳だからな。しかし、今の世には必要なものでもあるのではないか。

そちは言ったな。『いつまでも戦の世が続くものではない』と。確かにその通りであろう。しかし、ぼんやり待っているだけでは終わらぬ。源《みなもと》や足利《あしかが》の如く、終わらせる者が必要なのだ。乱れた天下を一刀の下に両断してから、改めて纏《まと》め上げる者が必要なのだ」

「まさか」

鴻子は、口を開かずにはいられなかった。

「まさかお主は、天下を一つに統《す》べると申すのか」

何と大それたことをいうのか。さすがの鴻子も、狼狽《うろた》えてしまう。

「わしがやるのか、筑前殿をお佐《たす》けするのか、それはどちらでもよい」

一方、次郎左は飄々《ひょうひょう》としていた。夕餉《ゆうげ》の献立でも決めるかのような口ぶりで、乱世で抱き得る最も大きな野望を語る。

「しかし、誰かがやらねばならぬことだ。で、あれば。わしやお主がやらねばならぬことでもある」

物言いは、何気ない。

「わしらは、みな同じ世に生きている。世が乱れたなら、他人事《ひとごと》ではなく己のものとして受け止めねばならぬ。正す務めがあるし、またそうすることが許されてもいる」

何気ないが、しかしそこには確固たる決意があった。

「誰がやってもよい。男でも女でも、武士でも公家《くげ》でも構わぬ。各々《おのおの》ができることをやるのだ。その力量があるなら、民草が摂政関白になってもよかろう。王、侯、将、相、いずれも家柄など関係ない」

揺るがない、決心があった。

「魔王、天狗《てんぐ》、大いに結構。史上初めて、救世を為す魔王となればよい。三千世界に救いをもたらす大天狗を、目指せばよいのだ」

何を馬鹿な――と笑いかけて、鴻子は失敗した。

「見たくはないか。戦のない世の中を。戦に使う力を、富を、他のところへと傾けられる世を」

次郎左の目線は、遥《はる》か遠くを見据えている。その眺めを、見たくなってしまったのだ。

いいのだろうか。彼と同じ景色を見ても、いいのだろうか。こんなひどい世の中で夢を見ても――いいのだろうか。

「戦がもたらす苦しみや哀しみを知るそちなら、苦しみや哀しみをなくすための戦ができるはずだ」

なおも、次郎左は言う。鴻子の胸を、言葉でもって震わせる。

「前にも言っただろう。始めることが大事だ。だから、始めるのはいつでもいい。もしそちが今立つというなら、今日この瞬間歴史に残る名将が生まれることとなる」

「しかしじゃな、次郎左」

鴻子は口を開く。反論する体裁を取りつつ、しかし本心はきっと違う。

「現実を見ろ。そのようなこと、できるものではなかろ」

否定してほしい。自分を縛ってきた鎖を解くための手がかりを、教えて欲しい。

「現実とは、見るものではない」

次郎左の答えは、この上なく明快だった。

「現実とは、立ち向かうものだ」

「――分かった」

鴻子は瞑目《めいもく》した。もはやこれまでである。腹を決めねばなるまい。

「音浜《おとはま》次郎左衛門長章《ながあき》よ」

目を見開くと、鴻子は居住まいを正す。次郎左が目の前にいるわけでもないのに、背筋を伸ばす。

「うぬに我が命運、預けようぞ」

そして、告げた。公家の娘としてではなく、武士の男を装うのでもなく。一人の鷹峯鴻子として、告げた。

「何を言うか」

次郎左は笑う。初めて聞くほどに、闊達《かったつ》な声だった。

「預けるのは冬松の舵取《かじと》りだ。わしを、冬松を、存分に使えばよい」

——鴻子は、住職の言葉を思い出していた。

『姫は、鴻という字がどういう意味をお持ちかご存じですか？』

住職が、そんなことを聞いてきた。まだ、一日寝てばかりいた頃のことだ。

『名の由来は聞いたことがあるが、字の意味はよく知らん』

占いをして、出た結果から取ったらしい。だったら、雷とか山とかいう結果が出たら雷子とか山子になっていたのだろうかと思ったりする。

『おおとりです。白く美しく、立派な鳥ですよ。だから、鴻という字には広く大きいという意味が備わっています』

寝床に潜り込んだままの鴻子に、住職は優しく語りかけてくれた。

『おおとりとて、最初から高く飛べるわけではありません。物事には順序があります。水際や岩場に止まりながら、一歩一歩確実に段階を踏んでいくのです。そしていつかは風を翼の下に受けて舞いあがり、雲の上を、そして天空を縦横に駆け巡るのですよ』

その時は、お説教などいらぬと聞き流していた。だが、今は。

「舵取りを預ける、か。よう言うた」

ぐいぐい、と。着ている湯帷子《かたびら》で、びたびたになっていた顔を拭《ぬぐ》う。

振り返るのは、これきりにしよう。

見つめるのは、悔いばかりの過去ではなく、過去に囚《とら》われた現在でもなく。

それらの先に続いていく、未来だ。

「では次郎左、早速だが用意して欲しいものがある」

鴻子の頭の中には、方策が浮かんでいた。

「この冬松で最も高価なものをよこせ」

しばし考えるような間があってから、次郎左は真面目くさった声で答えてきた。

「わしの首だな」

「城主の首を差し出すのは最後の手段じゃ」

思わず笑ってしまう。冗談のつもりではない言葉の方が、次郎左は面白い。

「それ以外で申せ。持ち運びできるものがよい」

「ならば、初代守家《もりいえ》だな。筑前殿から拝領した太刀じゃ」

「ふむ。ならば早速用意せい」

鴻子の考えにも合致する。丁度いい。

「その太刀で、援兵を買い求めてくる」

鴻子は、自信を込めてそう言い切った。

第五章　昼寝姫、裏切らぬ

第物《だいもつ》の町は、明け方から賑《にぎ》やかだった。品物を積んだ船が港に入り、それを燃料に活気が沸騰する。海から潮の匂いをたっぷり含んだ風が吹きつけているが、寒さはあまり感じない。町そのものに、熱気が充ち満ちているのだ。

「第物は、町人たちが自ら治めております」

馬を歩ませながら言ったのは、木工助《もくのすけ》である。

「ふむ」

あくびを噛《か》み殺しながら頷《うなず》く。別に木工助の説明が退屈なのではなく、単に眠いのだ。風呂《ふろ》から出て、一睡もせずに色々準備して、夜が明けるよりも前に木工助及び荷物運び数名と共に城を抜け出し、第物までやってきたのだ。徹夜姫である。

「しかし、奥方様もおいたわしいことです」

木工助が、痛ましそうな口ぶりで言った。

「京のお公家の姫様が、冬松《とうまつ》くんだりまで下って来られるだけでも大変でしょうに、戦が始まってしまうとは」

「さようでござるなあ」

よもや隣であくびを我慢しているでござると言うわけにもいかず、適当に合わせる。

「第物の連中、他人事だなあ」

周りを見ながら、荷物運びの足軽たちが言葉を交わした。

「そんなに離れてないのにな」

「北に行く用事がある奴らは別かもよ」

彼らはみな荷駄の馬を連れている。『人間だけで運ぶのは大変な何か』を、鴻子《こうこ》はここで手に入れる予定なのだ。

「いやいや、意外と気にかけておるかもしれぬぞ」

鼻風邪《はなかぜ》の背に揺られながら、鴻子は言う。

第物の町に来るのは初めてだが、日常をこなしつつ心なしか緊張感が漂っているように思える。鴻子たちに向けられる視線も、どこか強張《こわば》っている。別に鎧兜《よろいかぶと》姿で行進しているわけではないのだが、やはり戦から抜け出してきた者たちは雰囲気が違うのだろう。

「まあ、わしらはわしらのやることをやるのみだ」

鴻子がそう言うと、木工助は頷いた。

「では、丸嶋屋《まるしまや》へ向かいましょう。場所は——」

「いいえ、違うでござる」

鴻子は、首を横に振った。続いて、ついにあくびが出てしまう。

「違う？　それは一体いかなることでございますか？」

不思議そうに、木工助が聞いてくる。

「我々は、第物の商人に金銭面での助力を求めに来たのでしょう。であれば、丸嶋屋との誼《よしみ》を最大限に生かすべきでは」

「前の部分は合っているでござるが、後ろの部分が違うのでござる」

木工助の方を見て、鴻子は言う。

「我々が向かうのは、大笙屋《おおしょうや》でござる」


第物は、海に突き出すいくつもの砂州に発達した港町だ。砂州と砂州は橋で結ばれ、各々の先端部は港としての設備が整えられている。

町の中心部には二つの大きな寺と神社が一つあり、それを取り囲むようにしていくつもの町場が存在する。

中でも立派な屋敷が建ち並ぶのが、寺の南東に位置する巽見《たつみ》という地域である。裕福な商人たちの住まいは、大体ここに集まっている。

そんな巽見の中でも一二を争うほどに大きな屋敷――すなわち大笙屋又兵衛《またべえ》の住まいに、鴻子たちはいた。

「これはこれは、わざわざおいで頂きありがとうございます」

大笙屋は、満面の笑みを浮かべる。

「取井《とりい》木工助様、お目にかかれて大変光栄に存じます」

そして、木工助だけに挨拶《あいさつ》をした。

部屋にいるのは、大笙屋と木工助と鴻子だけである。すなわち、鴻子はまたしても無視されたわけだ。難儀だなあと思いながら、鴻子は部屋を見回す。

畳が敷き詰められた、座敷である。畳はとても上質なもので、寝っ転がれたら気持ちいだろうなあなんてことを思う。

高さの異なる違い棚や絵の描かれた襖《ふすま》など、造りは最近流行《はや》りのものだ。ひょっとしたら又兵衛は、茶の湯の心得などもあるのかもしれない。

紙貼りの明障子《あかりしょうじ》から朝日が差し込み、部屋の中は明るい。大笙屋の顔がよく見える。加えて言うと、その腹の中も大体見えている。足元を見て、優位な立場を固めようといったところに違いない。

「我等は急ぎの用にて参った。色々思うところがおありなのは重々承知しておるが、迂遠《うえん》な前置きは無用に願いたい」

居丈高にならない程度に、はっきりと言い切る。交渉はする。ただし五分の立場で、という表明だ。

大笙屋は息をつくと、鴻子に向き直った。話をするに足る相手と、認めたようだ。

「いかがなさいましたか」

大笙屋が聞いてくる。気を回して察してやるつもりはない、話は聞いてやるが自分で説明しろといったところだろう。

「我等は飯丹《いいたみ》の侵攻を受けておる。戦況は、良くない。そこで、助力願いたい」

「具体的には」

「銭を融通して欲しい。質物はこれだ」

言って、鴻子は脇に置いてあった太刀を手にした。次郎左《じろうざ》から借りてきたものだ。さて、銘はなんと言ったか――

「ひうっ」

突然、それまで黙っていた木工助が変な声を出した。声というか、喉《のど》の鳴る音というか、とにかく悲鳴に近い何かだ。

「それは、守家《もりいえ》ではございませんか！　それは、それは、殿が元服祝いとして三好筑前《みよしちくぜん》殿から頂戴《ちょうだい》した業物ですぞぉ！」

実際、滅茶苦茶取り乱している。元々感情表現豊かな木工助だが、今回は極めつけだ。

「落ち着くでござる」

そんな木工助を、やや強めにたしなめる。

「刀はいくら名刀であろうと、所詮《しょせん》一人の敵を相手にするもの。飯丹の大軍を、この一振りで退けられるものでござるか」

木工助はむぐぐと黙り込んだ。鴻子は改めて大笙屋に向かいあう。

「改められい」

そして太刀を手にすると、鞘《さや》の中であっても刃を向けぬようにして差し出す。次郎左に聞いた武家の作法である。大笙屋に軽《かろ》んじられぬよう、教わってきたのだ。本来は盃《さかずき》の受け方やらものの食べ方やらでも手順があるらしい。

そう言えば、婚礼の時もあれこれあった気がする。あの頃はやる気がなく、事前に言われたことをそのままこなしただけなので、まるで覚えていない。今は多少なりとも自分の意思で馴染《なじ》もうとしているわけで、事情はどうあれ変われば変わるものである。

「では、失礼いたします」

大笙屋は太刀を受け取ると、鞘から抜いて観賞を始めた。さすが商人というべきか、所作もしっかりしていてそつがない。

「眼福にございました」

鞘に戻すと、大笙屋は太刀を自分の脇に置く。ひとまず受け取った、という意味だろう。

木工助が、腰を浮かしかける。受け取られてしまった、ということだろう。

「さて」

大笙屋が、服の袖《そで》を払い姿勢を正した。

「我々は、商人。ものを売り買いし、その取引を通じて利を得るのが生業《なりわい》にございます。質物を預かりお金を貸すのは、本来他の方々の仕事でございますな」

「はあ」

木工助が、腑《ふ》に落ちないといった面持ちで返事をする。

「また、確かに我々町衆でこの第物を治めておりますが、戦の際にはその時々で様々な方から禁制を頂いております」

禁制とは、武将がその寺社や町が自らの庇護《ひご》下にあると宣言するものである。もし狼藉《ろうぜき》や掠奪《りゃくだつ》を働いたら厳しく罰するという訓示が、主な内容だ。禁制を得るために、人々は多額の礼銭を支払う。そうでもしないと、足軽や雑兵どもが当然の如く荒らし回るからだ。

「以前には、飯丹大和守《やまとのかみ》様から頂いたこともありますな」

木工助が険しい顔をする。彼も、大笙屋が言わんとするところが分かったらしい。

要するに「名刀だけでは足りない。お前達の味方をしてどんな利があるか、きちんと提示しろ」と言っているのだ。「それがないなら、飯丹についても全く構わない」とも。

鴻子は大笙屋を見る。福々しいという意味では丸嶋屋と同じだが、その目に宿る光の色合いが違う。底知れない老獪《ろうかい》さが、感じられる。

その深さは、鴻子にも測りかねた。年輪では敵《かな》わないということである。

「ものを売り買いし、その取引で利を得るのが生業と申したな」

ならば、手持ちの駒を全て使い切るしかない。

「ならば、この話はまたとない取引となる」

「ほう。それはいかなるものでございましょう」

「恩だ。大笙屋。お主は我々に、恩を売りつけられる」

堂々と、胸を張って言い切る。

「金銭では中々やり取りできぬものだ。武士に、しかも三好に連なる者に恩を売ることの価値が分からぬ大笙屋又兵衛ではあるまい」

大笙屋は、きょとんとした顔をする。初めて見る、おそらくは素の彼の表情だ。

「――ハッハッハッハ！」

そして、呵々《かか》大笑した。

「なるほど、なるほど。わたくしどもは恩を売り、冬松の皆様は命を買われるのですな」

大笙屋はどことなく嬉《うれ》しそうだ。多分、鴻子の物言いが想像を上回っていたのだろう。

「お話、よう分かりました」

そう言うと、大笙屋は手を叩《たた》いた。すると、彼の後ろの襖が開く。襖の向こうには、男性が控えていた。見覚えがある。鴻子を歓迎する宴《うたげ》の時に、立ち働いていた男性だ。

「この前、大友《おおとも》様と取引して入った質の良い銭があるだろう。あれを出しておくれ」

「いかほどに」

話は聞こえていたのだろうが、男性は落ち着き払っている。彼もまた、場数を踏んでいるのだろう。

「全部だ」

しかし、大笠屋のその言葉を聞くと動揺した様子を見せた。相当な金額らしい。

「――承知いたしました」

ややあってから、男性は頭を下げてその場を去った。

「福田《ふくだ》大炊介《おおいのすけ》様」

初めて、大笠屋が名を呼んできた。

「大笠屋又兵衛、貴方《あなた》様を買ってこの『取引』に乗りました」

笑みを含みつつ、しかし安直な答えは許さぬという貫禄《かんろく》が漂う。

「期待に応《こた》えて頂けますな？」

鴻子はその目を真っ直ぐに見つめると、にやりと笑い返してみせたのだった。


――飯丹の軍勢が押し寄せたのは、冬松の北側の土塁の西寄りだった。飯丹がそこを攻め所に選んだのには、理由がある。

まず、城の西側や東側、そして南側はいずれも攻めるのに向かない。その方角には田畑《でんぱた》があり、冬松側がそこに水を張ったためだ。

水で満たされた田畑は、とても踏み入ることができない。だからといって、堀と田畑との間の道に兵を展開すると、十分な広さがなく混雑してしまう。

そして味方同士で押し合いへし合いしているところに飛び道具で攻撃されれば、大きな被害が出る。そのため、水が引けず田畑が存在しない北側から攻めることになったのだ。

では、なぜ北側でも北西に集中するのか。それは、東側にある物見用の井楼や中央の門の二階部分が原因である。いずれも高く見晴らしがいいため、そこから鉄炮で将が狙い撃ちにされるのだ。

飯丹側が矢を防ぐために用意していた大きな木の立て板は、鉄炮を防ぎ切れなかった。かと言って狙われないように旗を降ろしたり馬から下りたりすれば、兵の士気が下がる。自分たちが命懸けで戦わされる一方で、将がこそこそと逃げ隠れしていたら不満が溜《た》まるのだ。

門も井楼も木でできているのだから、火矢を大量に打ち込んで燃やすという手もある。実際、北西側の井楼はかつての戦いにおいてその手で破壊された。だが、今回はそうもいかない。最近季節の変わり目で雨が多く、木が水気をたっぷり含んでいるのだ。しかも冬松側は門や井楼に泥を塗り、更に火が点《つ》きにくくしていた。

そういうわけで、攻撃は北西側に集中したのだった。

普段通行用に門の前に渡されていた橋を、冬松側は夜の間に引き上げている。堀は、完全な障害として飯丹側の前に立ち塞《ふさ》がっていた。

飯丹側は用意していた雑木などで堀を埋め、あるいは長い板を堀の上に渡して越えようとする。冬松側は、土塁の上から弓を射かけて妨害する。

しかし、飯丹は数でもって突破した。射られても射られても新しい雑兵が代わりに現れて作業を引き継ぎ、遂に渡れるようにしたのだ。

冬松側は弓を射られる人間を総動員したが、間に合わなかった。そもそも兵力の中心は動員された農民であり、弓を使いこなせる人間の割合は多くない。

また、飯丹側から放たれる矢も冬松にとって難点だった。土塁には隠れるための柵《さく》が設けられているが、矢を射るにはどうしてもそこから身を乗り出す必要がある。すると、いい的になってしまうのだ。

こうして、飯丹は遂に土塁まで攻め寄せた。土塁は、言わば人工の土山だ。飯丹側は斜面を懸命によじ登ろうとし、冬松側は必死に妨害する。

大きな岩や太い木の枝を投げ落とす。煮えたぎる熱湯を浴びせる。いよいよ近づいてくれば槍《やり》で突く、殴る。あらゆる手段が用いられ、飯丹の兵たちは後に続く味方を巻き込み転がり落ちていく。

しかし中には、味方の矢の援護や幸運や勇敢さが揃うことで、柵まで辿《たど》り着く猛者《もさ》も現れる。そんな彼らを迎えるのが、冬松生え抜きの重鎮・太能村孫太郎康成《たのむらまごたろうやすなり》である。

「小賢《こざか》しいわっ」

怒号と共に、猛者の顔面に刀が叩き付けられる。鮮血が舞い、そこまで登ってきた努力と猛者の命とが一遍に消し飛ぶ。

「しっかり守らぬか」

柵の内側、土塁の上の平らな部分——兵士がそこを移動することから武者走と呼ばれる——を右へ左へと歩き、孫太郎は兵たちを叱咤《しった》激励する。時に刀を振るい、自ら敵を撃退する。獅子奮迅《ししふんじん》の働きとはこのことである。

飯丹側にも顔を覚えられているので、矢は彼に集中する。しかし孫太郎は怯《ひる》まない。

「こんなへなへなした矢が、この太能村孫太郎に通用すると思っておるのか」

鎧《よろい》の大袖《おおそで》をかざし、あるいは頭を下げて兜《かぶと》で受け止め、孫太郎は傲然《ごうぜん》と笑う。その姿が、将兵に勇気をもたらす。

孫太郎が戦場に出るようになってから、二十年。彼が冬松を守って敗れたことはない。五年前、三好に背き攻められ落城した時でさえも、当時家老だった彼が守っていた地点は最後まで崩れなかった。

冬松に、太能村氏の紋所である枝牡丹《ぼたん》の旗が翻れば、それは難攻不落と同義なのだ。

最前線を孫太郎に任せた次郎左は、冬松の北西に築かれた防御拠点の中にいた。四方を土塁で囲っていて、冬松を城とするならその中にまたもう一つ城を造ったという趣だ。

もし飯丹側に一番外側の土塁を越えられた場合、その内側にある内堀でもう一度足止めしつつ、今度はこの拠点で同じ防衛戦を繰り返すのである。飯丹が北西に兵力を集中させたのは、この拠点で二段目の防衛線を敷くべく冬松が誘導した結果でもあるのだ。

ちなみに拠点といっても、何か堅固な建築物があるわけではない。中では防衛に使用する石を積んだり、水を沸騰させたり、槍や刀や矢を並べたりしていた。負傷した人間の手当も行われているし、交代する兵を待機させる武者屯《だまり》としても使われている。

「どいてくれ！　重傷だ！」

「こっちは沸かしたばかりの湯を運んでんだ。火傷《やけど》したいのかっ」

兵たちは拠点の土塁から外の土塁へ簡易なつくりの橋を渡し、石や湯を補充したり、あるいは負傷者を運び出したりしている。誰も彼も真剣で、必死に己の務めを果たしている。最前線で殴り合うだけが、戦ではないのだ。

次郎左は、その拠点の奥にいた。煌《きら》びやかな色合いの陣羽織を羽織り、床几《しょうぎ》に腰掛けている。傍らには、同じく陣羽織姿の図書頭《ずしょのかみ》と六七郎《ろくしちろう》が控えていた。

「厳しい、寄せ手ですな」

図書頭が言う。普段から穏やかな彼は、戦の間でも落ち着き払っていた。

「動かずにいるのが辛《つら》いです。まだ、孫太郎殿のように前にいる方がましです」

六七郎が、その言葉に同意する。図書頭とは違い、少々声が上ずっている。やはり、若さだろうか。

「外の土塁が抜かれる前に、殿には屋敷に移って頂かねばなりませんが。ここで囲まれるわけにはいきません」

図書頭の言葉に、次郎左は首を振った。

「耐えよ。軽率な行動を控え、待つのだ」

次郎左が口を開いた。

「それが、今の我々の務めだ」

半ば、自分に言い聞かせるように。


「お、大炊介殿。やはり、考え直した方が良いのでは」

木工助が、怯《おび》えた声でそんなことを言ってくる。

「今更考え直すも何もござらぬ。進むのみでござる」

鴻子は、腕を組んではねつけた。

「数々の戦場をくぐり抜けてきた丈夫《ますらお》でござろう。何を左様に恐れておいでか」

「なにをって、それは勿論《もちろん》あれです！」

木工助が、何かを指差した。

「拙者、確かに元服してからこの方幾多の戦いに身を投じて参りました」

指差した先にあるのは、どでかい寺院だ。屋根には瓦《かわら》を敷き詰め、その屋根を支える柱の先には細工を凝らした様々な彫刻――木鼻がある。仏の威光溢《あふ》れる立派な本堂である。

「しかし、ほとんど丸腰の状態で敵の本城に殴り込んだことなどございません」

そう。ここは柄口御坊《つかぐちごぼう》の中心地なのだ。

「一向一揆《いっこういっき》は敵ではござらぬ」

ふわあ、と鴻子はあくびをした。日は高くなってきたが、やっぱり眠い。というか、昼寝姫なのだから本来このくらいの頃合いに眠くなるのが当たり前だ。

「これから援兵を求めるのであるからして、むしろ味方にござろう」

起死回生の一手である。一向一揆を援兵とし、飯丹の後背を突くのだ。

「いや、しかし、良好な関係を築いているとは言い難いではありませんか」

「だからこそでござる。飯丹も、冬松と柄口御坊の仲の悪さは知っておるはず。まさか、味方にするとは思いますまい。そこに逆転の隙があるのでござる」

「でも、本当に大丈夫なんですか？」

「俺たちを殺して身ぐるみ剝《は》いでやろうなんて思われたら、どうなるか」

足軽たちが、恐ろしそうに言う。彼らの視線の先には、荷駄の馬がいた。背中には、沢山の米俵を積んでいる。鴻子たちの馬は境内の入り口近くの馬小屋に繫《つな》いでいるが、荷駄は運んでいるものがものなのでここまで連れてきているのである。

ちなみに、馬の数は冬松を出た時より増えている。貸付量がこちらの想定を上回っていて運びきれなくなったので、大笙屋がつけてくれたのだ。

「大丈夫、大丈夫。――しかし、広いのう」

鴻子は辺りを見回した。境内にいるわけだが、実に広い。塔やら仁王像やらはなく、鐘楼や灯篭《とうろう》が目立つ。庫裏《くり》というのか、僧侶《そうりょ》が生活しているのだろう建物もある。昔世話になった証徳寺《しょうとくじ》も宗派は同じで、十分に立派な寺だったが、ここまで広大な敷地ではなかった。そんなことを、鴻子は思い返す。

「あ、どうもどうも」

出し抜けに、遠くから声をかけられた。見やると、本堂の脇に一人の僧侶がいた。裏から出てきたようだ。手に箒《ほうき》を持っているところからして、掃除でもしていたのだろうか。

「すみません、お待たせしまして」

のんびりした雰囲気の坊さんである。年は若くもないが、さりとて老けこんでもいない。

線を引いたように細い目は、にこにこと笑みをたたえていた。袖も裾《すそ》も切り詰めた繕いだらけの小袖姿で、動きやすそうな一方貧乏臭くもある。

「どうもどうもー」

傍らには、一人の女性がいた。着ているものは同じような感じで、小柄な体に元気が溢れかえっている。くりくりと大きな目が、坊さんと対照的だ。頭に布を巻いていてはっきりとは分からないが、おそらく剃髪《ていはつ》した尼僧である。年は、鴻子よりも若そうだ。

「ぼんやりしているからです。折角のお客さんなのに」

尼僧は、からかうような口調で坊さんに言う。坊さんは、箒を持っていない方の手でぽつが悪そうに首の後ろをかいた。

「この寺の住職なり何なりを連れて参れ」

歩み寄ってきた坊さんに、木工助が偉そうに命じる。

「はあ」

坊さんは、少し困ったように笑った。

「拙僧が、当寺の住職を務めております浄諦《じょうてい》です」

「こ、これは。ご無礼つかまつった」

木工助は、血相を変えて謝った。面白いほど分かりやすい手の平の返しようである。

「仕方ないですよ。住職、威厳ないですから」

尼僧が、身も蓋《ふた》もないことを言う。

「いやあ、困りましたねえ」

柄口御坊の指導者らしい男は、再び笑った。おおよそ邪気のない、ついでに言うと覇気もない、そんな笑顔だ。

「何のご用ですか？」

尼僧が訊《たず》ねてくる。

「浄諦殿。冬松より主命を奉じて参った、福田大炊介弘茂《ひろしげ》と申す」

鴻子は名乗ると、早速本題に入る。

「現在、冬松は飯丹より侵攻を受けているでござる。境を接する誼《よしみ》で、ご助力願いたい」

「困りましたねえ」

同じ台詞《せりふ》を繰り返すと、浄諦はううんと首を傾げる。

「宗体の大法というのが、ありましてねえ。あまり軽々しく戦ってはいかんのです」

「『諸国の武士を敵にせらるること』はやめとけ、って感じですね」

尼僧が付け加えてくる。

「そこを何とか」

木工助が食い下がるが、浄諦は苦笑するばかりだ。のらりくらりと、かわされている。

「『俵』を一つ持って参れ」

鴻子は、足軽たちに指示を出した。

足軽たちは、えっちらおっちら俵を持ってくる。それを浄諦たちの前に置かせると、鴻子は木工助に目配せした。

「失礼」

鴻子の意図を察した木工助は腰の刀を抜き、俵に突き立ててからぐっと引く。

「あら、まあ」

尼僧が驚いたような声を出す。俵の裂け目から溢れ出したのは、銭だったのだ。

「ふむ」

一方、浄諦の口元からは笑みが消えた。最早《もはや》かわせないと、悟ったようだ。

「全て質の良い宋銭《そうせん》でござる」

そう告げて、鴻子は相手の出方を見る。さあ、どう来るか。

「紀伊《きい》の方にはそういう人たちもいらっしゃると聞きますが、柄口御坊の門徒は銭で雇われて動くということはございません」

浄諦が用意してきたのは、真っ正面からの返答だった。

「法敵に立ち向かう為。崇敬する宗主様の御為。あるいは死後に極楽往生を遂げる為。門徒は戦に赴くのです」

真っ直ぐなだけに、付け入る隙はない。ただ正直なだけではなく、鴻子に言葉尻《ことばじり》を捉《とら》えさせないことも念頭に置いているだろう。この浄諦、甘く見てはならない。

「――これは異なことを」

鴻子はすかさず二の矢を放った。ゆっくり検討している暇はない。攻めながら考える。

「銭で雇うなどと、とんでもない。これはあくまで、柄口御坊への寄進でござる」

「ほほう」

尼僧の方が、身を乗り出してくる。

「祐恵尼《ゆうけいに》。修行が足りませんよ」

それを浄諦がたしなめた。祐恵と呼ばれた尼僧は、むぐーと顔をしかめ引き下がる。

「寄進のお申し出、まことにありがたく存じますが、門徒の方々から十分過ぎるほどご浄財を賜っておりますので」

浄諦は、やんわりと断ってきた。雇うというのでは生々しすぎるかと考え、寄進という「建前」を用意してみたのだが、駄目だった。金の問題ではないということだ。

当世、金に汚い坊主が少なくないのは事実である。しかし、だからといって僧侶の全てが欲深いわけではない。この寺の立派さは、本当に仏の救いをもたらさんがためなのかもしれない。彼らの装いが質素なのも、上辺だけのものではないのかもしれない。

選択を、誤ったのではないか。鴻子の心に、焦りが生まれ始めた。大量の銭で圧力を掛けたのは、悪手だったかもしれない。しなやかな柳は、雪が積もっても折れることはないという。柔らかいものを押し続けても、無意味なのだ。

――しっかりしろ。自分に言い聞かせる。これもまた、戦いなのだ。武器ももっていない、鎧《よろい》もつけていない。しかし、冬松の命運は間違いなく自分にかかっている。

「大炊介殿」

木工助が、心配げに小声で呼びかけてきた。軽く頷《うなず》いてみせる。落ち着き払っているが、根拠はない。焦りが高まる。自分は次郎左に援兵を連れてくると約束し、次郎左は信じて任せてくれた。そんな彼を、裏切りたくはないのに。

鴻子の脳裏に、次郎左の仏頂面が浮かんだ。彼は今、きっと鴻子を待っているに違いない。それが彼の戦いである。周りの動揺を制しつつ、鴻子を信じて待っているはずだ。愚痴一つ零《こぼ》さずに――愚痴？

「――っ！」

その刹那《せつな》。鴻子の中で閃《ひらめ》きが生まれた。

今まで学んだ全てが、そこから得たもの全てが、そして見聞きしてきた全てが、言葉としての形を結ぶよりも先に繋がり始める。限りないほどの組み合わせが試され、その結果が検討され、最も相応《ふさわ》しいものが導き出される。

「寄進と申しましても、柄口御坊に直接お収めするわけではござらぬ」

人が「直感」と表現するそんな過程を経て、鴻子は逆転の一手を指した。

「冬松に、貴僧たちの宗派の寺院を建てるのでござる」

浄諦が、こちらを見た。細めたような瞼《まぶた》の奥から、彼の目が鴻子へと向けられている。笑みで隠されていた部分——分別があり慎重で、しかし必要とあらば断固として行動する人柄がそこに光っている。

「失礼ながら、あなたは門徒ではいらっしゃらないようにお見受けします。それに、冬松の門徒の数は少ないはず。なにゆえのお申し出ですか」

浄諦が言った。相変わらず距離を置いてきているかのようだが、一方で姿勢が変わっている。理由を聞くということは、こちらを向いているということだ。つまり、今回の選択は——間違いではないかもしれない。

「いかにも。それ故に大きな意味があるのでござる」

そう信じて、鴻子は仕上げに取りかかる。

「柄口御坊に助けられれば、冬松の民は感謝しまする。それから寺が建って柄口御坊を身近に感じるようになれば、敵意も更に薄れましょう。また柄口御坊の方々も、同じ宗派の寺が冬松にあるとなれば、冬松の受け止め方が変わるのでは」

浄諦は黙り込んだ。俯《うつむ》き、真剣な面持ちで考え始める。その顔を、祐恵が戸惑ったように見上げた。おそらく、普段見せない表情なのだろう。

境内の時が、止まった。もう急《せ》かすこともできない。浄諦の、胸一つだ。

「わたしがもしここで断れば、未来の門徒たちを見捨てることになる。何より、冬松と柄口御坊の関係を改善する絶好の機会を失うことにもなる。そういうわけですね」

その口元に、元通りの笑みが浮かぶ。

「では、まさか」

木工助が目を見開く。そちらを向いて頷いて見せてから、浄諦はこちらを向いた。

「これより、柄口御坊は冬松に加勢します」

——やった。鴻子は思わず笑顔を弾《はじ》けさせてしまった。こんなに素直に笑ったのは、いつ以来だろうか。

「し、しかし。大丈夫なのですか？　戦はいかんと言われているのでは」

木工助が狼狽《うろた》えながら訊ねると、浄諦はにこりと笑った。

「先代の宗主様は『百姓は草の靡《なび》き』と仰《おつしや》ったことがありました。風が吹けば、民はそちらに靡く。宗主様や本山が、一揆《いつき》を全て上から指図できるものでもない——と。強い風が吹いたということなら、そう厳しい咎《とが》めもありますまい」

実は、正当化する理屈もあったようだ。まったく食えない坊主である。

「じゃあ、この寄進はありがたく頂くということで」

祐恵が満面の笑みで銭に近づこうとするが、その前に浄諦が箒を差し出す。

「駄目です。話を聞いていなかったのですか。これは、全て冬松に寺を建てる費用です」

「あうー。せめて手の平一杯――いや二杯分だけでも。御仏も見逃して下さいましょう」

「駄目です」

微笑ましいやり取りを見ながら、鴻子は全身から力が抜けていくのを感じた。

――あの瞬間に行った思考の全てを再現することはできない。だが、とっかかりくらいは分かる。次郎左の愚痴だ。

「関銭を取ることで悪く言われる」と、次郎左は嘆いていた。「寺社の関所は大義名分があるからまだいいが、自分たちは何もないから言われっぱなしだ」とも。そこから、「寺を建てる」という着想を得たのだ。

六七郎が数少ない冬松の一向宗門徒だという話が、そこに加わった。どちらの味方だ、と彼が柄口御坊の人間たちに責め立てられたのは、冬松に門徒がいるという印象がないからだろう。いわば他人なのだ。しかし、寺ができるとなれば話は変わってくる。援兵へと繋《つな》がる可能性も生まれるのではないか。

そして、決め手となるのが浄諦の人柄だった。もし彼が印象通り芯《しん》から善良な人間であれば、冬松と柄口御坊の対立関係には心を痛めていたはずだ。それを改善する術《すべ》が示されれば、また違う態度もあるはず。そう信じたのだ。浄諦は、鴻子の期待に応《こた》えてくれた。

「ほら、覚俊《かくしゅん》を呼んできなさい。人を集める鐘をつかせないと」

「へーい」

浄諦の命により、しぶしぶと祐恵はその場を去っていく。そして時々銭を振り返る。よほど名残惜しいようだ。

「しかし我々に助けを求めるとは、思い切ったことをされましたな」

浄諦が、感心したように言った。

「他にも手がないわけではござらん。しかし、他の手はいずれも大変な困難や苦労が伴う気配がいたしましてな。そこで、もっとも楽なやり方に行き着いたのでござる」

楽をする。昼寝姫としての本分に立ち返って思いついたのが、一向一揆を味方につけるという手だったわけだ。武士が陥りがちな「強くならなければならない」という思い込みを少しずらせば、こういう閃きも生み出せるのである。

「難行の陸路よりも、易行の水道。なるほど、御仏の道に通じますな」

感心したように頷くと、浄諦は鴻子を見てくる。

「いかがです福田殿、当寺で得度されては。御仏もきっとお喜びになりましょう」

出家して僧にならないか、ということである。冗談ではない。仏僧は朝が早いではないか。あれは勘弁してほしい。たとえ釈迦《しゃか》や阿弥陀《あみだ》が喜ぼうとも、昼寝姫は喜ばぬのだ。

「はは。ありがたき仰せなれど、遠慮申し上げるでござる。様々な書物を読みましたが、仏典はさっぱり理解できぬままでござったし。どうも信心が足りぬのでござる」

とはいえ本当に「喜ばぬのだ」みたいな言い方はせず、もう少しやんわりと断る。

まあ、仏典が分からないというのは事実だ。讃岐《さぬき》にいた頃色々読まされたが、読めば読むほど分からなくなり、段々書を読んでいるというより文字を見ているような気分になったものである。

「ところで、出陣はいつ頃でござるか？　冬松は、今まさに攻められているでござる」

これ以上仏門へ誘《いざな》われても困るので、話を戻す。

「少しばかりお待ち下さい。私の一存では決められませんもので。重立った人々に一応話を通さねばならぬのです」

浄諦が済まなそうに言う。彼が主《あるじ》として君臨しているわけではない、ということなのだろう。

「分かり申した。――時に浄諦殿。お訊《たず》ねしたいのでござるが、柄口御坊は戦のおりには旗を立てられるのでござるか？」

鴻子はもう一つ訊ねた。最近学んだことから、少し閃いたことがあるのだ。

「旗ですか」

浄諦はうーんと腕を組む。

「先代の宗主様がお公家《くげ》様から頂いた御紋や、宗祖である親鸞《しんらん》聖人のお家の御紋を掲げたりはしますね」

「具体的には、如何《いか》様な？」

「八藤《やつふじ》と鶴丸《つるまる》です」

八藤とは、藤がこれでもかといっぱいあしらわれた紋で、鶴丸は横を向いた鶴が翼を上に向かって広げている紋だ。どちらも、恐るべき戦闘集団っぽさはあまりない。

「では、お待ちしている間に、筆と大きな布をお借りしてもよろしゅうござるか」

というわけで、鴻子はそんなことを願い出たのだった。


「頼むぞ、頼むぞ」

清蔵《せいぞう》は祈った。土塁を登る味方の飯丹軍は、最初の頃よりも随分柵《さく》のところまで迫っている。もし柵を誰かが越えれば、その瞬間相手は乱れる。防御の手も緩み、清蔵に登る番が回ってくる頃には、上から降ってくるものも随分と減っているはずだ。

清蔵は、大分後ろの方にいた。周囲には、同じ立場の雑兵が沢山いる。まだ、番が回ってくることはない。味方次第では、危ない思いをせずに冬松に入れるかもしれない。

清蔵はひたすら祈った。財産があるわけではない。家で女房が待っているわけでもない。しかし、痛いのは嫌だし死ぬのは真っ平御免だ。勝ち負けも正直どうでもいいから、ただ自分が怪我せずに戦が終わって欲しい。雑兵には、これでさえ分が過ぎた願いだが。

「――ん？」

清蔵は、ふと違和感をおぼえた。何だか、周りが騒がしい。

「うおっ」

続いて、清蔵はよろめいた。いきなり、横合いから押されたのだ。一体何事なのか。怒声が飛び交い、悲鳴が起こる。背が低い清蔵は、周りの人間の体しか見えない。ひたすら押され、よろめき、けつまずく。

ふと、頭の上から何かがぶちまけられた。血である。同時に、誰かが清蔵にのし掛かってくる。その誰かは清蔵より遥《はる》かに大柄で、押しのけることもできず一緒に倒れる羽目になった。

「なん、なんだ」

どうにか這《は》い出そうとして、次の瞬間倒れてきた誰かごと踏《ふ》み潰《つぶ》される。息ができなくなる。顔に勝手に血が上り、目を剝《む》いてしばし悶絶《もんぜつ》する。

このままでは死んでしまう。必死で清蔵は這い出す。そして気づいた。自分の上に乗っていた誰かは――事切れていた。脈を取ったりはしていないが、首から大量に血を溢《あふ》れさせ、目から光は消え、ぴくりとも動かないのだ。間違いなく、死んでいる。

「ええ、えええ？」

清蔵はひっくり返った声を上げ、尻《しり》を突いたまま死体から離れた。立ち上がることもできず、辺りを見回す。そして、ようやく事態が理解できた。

周囲は、無茶苦茶な乱戦模様が繰り広げられていた。そう、攻められている。城を攻めているはずの自分たちが、背後から攻撃されているのだ。

攻め手は、異様だった。身につけている防具や手にしている武器が、特に変わっているわけではない。飯丹や冬松のものと大差ない。

おかしいのは、戦い方だ。退《ひ》かないのである。ただ、前へ進むのだ。ただし、猛然と。怪我を気にすることもなく、死を恐れることもない。むしろ、それを望んでいるかのようである。死の先にこそ幸せがあるとでも、信じているのだろうか。

彼らの後ろ、遠くの方には幾棹《さお》も旗が翻っていた。旗には、文字が書かれている。

清蔵は貧乏な農民の三男坊だ。学はない。それでも、文字の意味はすぐに分かった。唱える者に極楽浄土への往生を約束する、六字からなる祈りの言葉――南無阿弥陀仏《なむあみだぶつ》。

「一向一揆だ」

「門徒の連中だ」

叫びが上がる。その声は例外なく震えている。恐怖が飯丹の全軍を飲み尽くしていく。

「なるほど、確かに旗には力がありますな」

浄諦が、深く頷《うなず》いた。鎧兜《よろいかぶと》姿で、馬に乗っている。見た目は普通の武士と変わらない。

「敵は旗を見ては狼狽えておりますし、味方は例外なく奮い立っております」

「で、ござろう」

同じく馬に乗った鴻子は、にんまりと笑った。

飯丹百騎から学んだことだ。あの旗印は、冬松の将兵の心に恐怖を刻み込んでいた。あらゆるものが混沌《こんとん》とする戦場で、旗と紋の存在はとても重要なのだ。一つの模様が与える印象で、兵達の気持ちが変わる。一人一人の兵の感情の変化が積み重なり、「流れ」となって戦いに大きな影響を及ぼしていく。

「初めは何やら気恥ずかしく思いましたがな。そのまま過ぎるといいますか」

浄諦が言った。それは鴻子にも何となく分かる。もし兄がまかり間違って戦場に出るとして、歌道の家だからといって「咲くやこの花」とか「浦の苫屋《とまや》の秋の夕ぐれ」とか大書した旗を押し立てて出陣しようとしたら全力で止めるだろう。いやちょっと違うか。

「まあ、毎日念仏なり経典なりに接している浄諦殿からするとそうかもしれませぬが、他の人間からするとまた違うのでござるな」

どんな物事も、理解を深めるには掘り下げていく必要がある。しかし、没入すればするほど外部の人間の感覚とずれが生まれてしまう。

外から見ている人は、本当に目につくところしか見ていないものである。冬松と柄口御坊との揉《も》め事《ごと》を目にした時も、冬松の人間は南無阿弥陀仏と唱えることを揶揄《やゆ》するくらいだった。そのくらいの水準に合わせたわけである。

「おお、崩れましたな」

木工助が、弾んだ声を上げる。柄口御坊の猛攻に耐えかねた飯丹軍が、逃れるようにして左右に分かれた。中央を、突破したのだ。

「征《ゆ》けい！　御仏は皆を見ておわすぞ！」

浄諦が兵達を鼓舞する。朗々とした、張りのある声である。普通に喋《しゃべ》っている時の彼からは、想像もつかないほどだ。

仏僧の声は、元来よく響く。日々の読経の賜物である。木工助や監物の声が戦場を駆け巡るうちに備わったものならば、彼の声は修練を積み重ねて鍛えたものだといえよう。

「む、あれは――？」

更なる猛攻を加える柄口御坊の軍勢の中に、鴻子は一際小さな兵を見つけた。身に纏《まと》っている防具も軽量で、槍《やり》や刀を持っているわけでもない。かといって小荷駄方――荷物運びというわけでもなく、周りに合わせて元気よく前へ進んでいる。頭には僧兵がよく被《かぶ》っている白い頭巾《ずきん》をつけていて、小型の武蔵坊弁慶《むさしぼうべんけい》といった感じである。

「ええ、祐恵尼です」

浄諦が頷く。やはりそうだった。小柄な体格といい活発な雰囲気といい、彼女である。

「おなごが戦場に出ておるのですか？」

木工助が、不思議そうに訊ねる。実を言うと横にいる同輩もおなごなので、何だか滑稽《こっけい》である。

「ええ。ご覧になればお分かり頂けるかと」

浄諦が、飄々《ひょうひょう》とした口ぶりで言った。

しばしとことこ歩いていた祐恵は、出し抜けにその場にしゃがみ込み、何かを拾った
——おそらく石だ。そして、飯丹の兵たちへ向けて投げつける。

ただぽーんと放《ほう》ったのではない。全身を使い、腕をしならせ、投擲《とうてき》したのだ。

向こうの方で弓を構えていた飯丹の足軽が、石の直撃を受けた。足軽は無様にひっくり返り、動かなくなる。

祐恵は再び石を拾うと、片手で軽く投げ上げては受け止めるというのを繰り返しながら、辺りを睥睨《へいげい》する。

やがて、祐恵は一人の騎馬武者に目をつけた。馬を巧みに操り、槍を振るい、周囲の一向衆を蹴散《けち》らしている。おそらくは、飯丹百騎の一人だろう。

祐恵は、その騎馬武者目掛けて石を投げつける。目にも止まらぬ速度で石は飛翔《ひしょう》し、騎馬武者の顔面に簡単に命中した。騎兵は周囲より顔の位置が高い。普通なら圧倒的な利点であり長所なのだが、祐恵にとっては手頃この上ない獲物なのだ。

騎馬武者は槍を取り落とし、顔を手で覆う。その隙を突いた周囲の一向衆が、騎馬武者

を馬から引きずり落とした。祐恵は得意げに胸を反らすと、片手を立てて片合掌などしてみせる。

「むう、見事なものですな」

木工助が呻《うめ》いた。鴻子も同意である。

——石は、拾って投げて当たれば痛い。つまり有効な武器なのだ。野戦や防衛戦では勿《もち》論《ろん》、海上での船戦《ふないくさ》でも使用される。

おそらく太古の昔から使用されていたであろう原始的な手段であるが、祐恵のそれはとても洗練されていた。技術——いや、技巧とか技芸の域に達している。

「おや、関所の門が開きましたな」

浄諦が言う。

見ると、確かに冬松の門が開け放たれていた。堀に筏《いかだ》のような仮設の橋が渡され、そこを通って中から足軽や騎馬が飛び出してくる。掲げられている旗は丸で囲んだ三つの橘《たちばな》——音浜の家紋だ。

「殿が出られたかっ」

木工助が、目を輝かせた。

「うむ」

鴻子は頷く。反撃するには、最も適した場面だ。

冬松勢は、浮き足立っている飯丹に食らいついていく。――勝敗は、決した。

鴻子は薄目を明けた。周囲は、あまり明るくない。明け方か、それとも夕方か。まあどちらでもいい。どっちみちまた寝るのだ。

体はふかふかとした寝台に受け止められている。寝台は、鴻子に幸せで心地よい眠りを日々もたらしてくれた。一時期見るようになっていた悪夢とも、最近はご無沙汰《ぶさた》である。

ごろりと体を横にする。すると、次郎左の背中が見えた。かつてよりも、随分近い。なぜかというと、寝台を同じ部屋に移動させたのだ。狭くなると次郎左から不平が出るかとも思ったのだが、別にそういうこともなかった。まあ、距離が近い方が喋りやすくなるとかそういう理由だろう。

さて、その次郎左だが、最近は大体いつも机に向かって何やら書いていた。

致し方ないと言えば致し方ない。手柄を立てた者への褒美。手傷を負った者へのねぎらい。捕虜の扱い。分捕った物の始末。戦死者の遺体の片付け。主君への報告。戦の後始末は大変なのだ。たとえ、勝ったとしても。

――戦は、大勝利だった。寺を建てるなどという鴻子の独断も、一向一揆《いっき》を味方につけた手柄によって不問に付された。鴻子は皆から賞賛され、鴻子自身その賞賛を素直に受け止めることができた。嬉《うれ》しくも、くすぐったい気持ち。長く、忘れていたものだった。

次郎左の主たる三好筑前からは、ねぎらいの言葉と飯丹に反撃することを控える指示とが来た。戦の手打ちは、飯丹大和守から人質を取ることと、戦を煽《あお》ったとされる重臣が腹を切ることで済まされるらしい。和議を破ったことの処罰としては随分と軽いが、飯丹を完全に滅ぼすとなると三好側も大変な犠牲を払うことになるため、そこが落としどころと決まったようだ。

鴻子がその存在を推測した「三好包囲網」は、沈静化した。存在を裏付ける何かは、遂に見つからなかったそうだ。鴻子の考えすぎだったのか、あるいは失敗した時には証拠が残らないよう事前に準備されていたか。後者だとすれば、頭が切れるどころの話ではない。考えた人間を、今後敵に回さずに済むよう祈るばかりである。

「次郎左、何をしておる」

鴻子は声を掛けた。すぐに寝直すのもいいが、何となく話しかけてみたのだ。

「色々だ」

次郎左の返事は、例によってぶっきらぼうである。戦の後にかけられたねぎらいの言葉も、「大儀であった」だった。そちは我が孔明《こうめい》だくらいに褒めたって良いだろうに。

「どれどれ」

もぞもぞと寝台から出てのそのそと近づき、次郎左の肩越しに文机《ふづくえ》を覗《のぞ》き込む。被矢疵之由、尤以神妙——矢傷を受けるほど頑張ったのは、実に立派だみたいなことが書いてある。戦で奮闘した人間を賞するための、感状というやつだ。

「次郎左、うぬは何をやっておる」

それはいいのだが、大変問題がある。

「いちいち全部自分で書いとるのか」

普通次郎左のような立場の人間は、文を書き記すことを役目とする右筆《ゆうひつ》という者を傍らに置くものである。そして自分は、花押という署名代わりの記号だけを書くのだ。

「当然だ。みなわしの兵として戦い、あるいは傷を負いあるいは命を落とした。わしが書かずに何とする」

「現実的には無理であろ。右筆を置け。皆やっとることではないか」

労力がかかりすぎる。鴻子が一人一人の足軽の名前を覚えるのとは、訳が違うのだ。

「現実はこうだとか、皆がやっているからよいではないかとか、そういう言い方は好かぬ。現実とやらを言い訳にして、楽をしようとしているように聞こえる」

次郎左が、手を止めて言う。

「ただ現実に妥協するばかりではなく、苦労しながら少しでもよいことをしようと努力する。それが人の道というものではないのか」

　書状一つで随分と気負っている。この志の高さは、どこから来るのか。生まれつき気高いのか。それとも、高みを目指す生き方を選ぶことになった理由があるのか。

「やれやれ」

　まあ、急いで知ろうとすることもあるまい。何せ夫婦《めおと》にして君臣なのだ。これからも公私の別なく顔を突き合わせてやっていくのである。そのうち分かることもあろう。

「よいか、よく聞け次郎左」

　今はまず、この次郎左の生真面目すぎるところを諫《いさ》めるのが先だ。高い理想ばかりを見上げていては、つまらない小石につまずいて転びかねない。そうならないようたまに足元に気を配ることくらいは、してやってもよいだろう。

「次郎左は一人しかおらぬし、一日の長さは決まっておる。次郎左は次郎左にしかできないことに力を注ぐべきじゃ」

　む、と次郎左が呻く。腑《ふ》に落ちるところがあるのだろう。

「わしにしかできないこと、とはなんだ」

「冬松のあれこれに決を下すとか、弓の腕を磨くとか、家臣たちを信じて仕事を任せるとか、妾《わらわ》の入る風呂《ふろ》を焚《た》くとか」

「最後の一つはどうなのだ」

「どう？　勿論一番大事じゃ」

そう言ってから、鴻子は再び次郎左の書状を覗き込む。もう一つ、言っておかねばならぬことがある。

「そもそも、うぬの字は正直言ってあまり上手《うま》くない。それで大量に書状を記せば余計に乱れる。折角手柄を立てたのに、雑で下手な字で褒められては有り難みもなかろ」

ついこの前、南無阿弥陀仏《なむあみだぶつ》南無阿弥陀仏と書きまくったのでよく分かる。集中して字を書くことは、大変疲れるのだ。書物を書き写しそれを贈ることで武士と関係を築く貴族がよくいるが、それが成り立つ所以《ゆえん》である。

「むう」

次郎左は、悄然《しょうぜん》と項垂《うなだ》れた。珍しく落ち込んでいる。愉快だ。

「滝山《たきやま》城に達筆の御仁がいらして、何度か教えを受けたのだが、どうにも上達せぬのだ」

そして、哀しげに呟《つぶや》いた。まあ、何事も向き不向きというものはある。鴻子と兄は住職の下で字も教わったものだが、同じ時間だけ練習しているのに上達には明らかな差があった。兄は書を家業とする公家にも負けない程の能筆を身につけたが、鴻子はまあ基本ができていますねくらいのところが限界だった。世の中は不公平にできているのだ。

「やはり、もっと修練せねばならぬ。滝山城へ行って弟子入りを願ってみるか」

「その志は買わんでもないが、お主が務めも果たさず書に熱中するのは冬松にとって最早《もはや》災いじゃ。『文字は名前が書ければ十分だ』という考え方もある。大人しく風呂を焚いておれ」

そう言って、鴻子は次郎左の肩越しに書状を眺める。

「ところで、これは源太《げんた》か」

相手のところに、そう書いてある。今回の戦いのきっかけになった関所での騒動で、番兵を務めていたあの源太だ。

「うむ。土塁で敵を防いでいた折、右腕に二本も矢を受けながらも、槍《やり》を振るって戦い続けたそうだ。孫太郎も見たと言っておった」

自分が原因で戦争が起こってしまったことを気に病み、何とか取り返そうと頑張ったのだろう。右腕に矢、程度で済んで良かった──

「──む。のう、次郎左。そういえば、聞きたいのじゃが」

右腕と言えば、まだはっきりしていないことがある。

「なんだ」

「どうして次郎左は、妾を右腕にしようと思ったのじゃ」

聞こう聞こうと思いつつ、何だかんだで聞けずにいる話だ。

「そもそも、妾のことをどこで知った？　まさか、昼寝姫を迎えようと思ったわけでもあるまい。その辺ちょっとは説明せぬか」

次郎左は、黙り込んで答えない。

「次郎左、答えぬか。じろーざー」

手を伸ばし、頬を引っ張ったりしてみる。次郎左は払ってくる。また引っ張る。払う。引っ張る。払う。引っ張る。引っ張る。引っ張る。

「もう、話には出た」

しつこく邪魔し続けると、ようやく次郎左はそれだけ言った。

「なに？　いつじゃ」

鴻子は次郎左の顔から手を離して考え込む。全く覚えがない。

「そんなことより、いつまでそうしてくっついておる。字が書きにくくて仕方ない」

次郎左が言ってくるが、鴻子は耳を貸さない。

「いやじゃ。次郎左がちゃんと説明するまで離れぬぞ」

体勢を入れ替え、背中合わせになる。丁度、次郎左の背中にもたれるような形だ。

「ふむ」

これが意外と悪くない。次郎左が少し前屈み気味でいることもあり、中々快適なのだ。

鴻子はまたうとうとし始める。中々いい気分だ。こんな感じで日々を寝て過ごせたら、なんてことを思う。ささやかな希望が、鴻子の胸に芽吹いた瞬間だった——

終章　次郎左、痛める

「それがし、音浜次郎左衛門長章《おとはまじろうざえもんながあき》にござる」

次郎左は、厳粛に名乗った。

「此度《こたび》は将軍にお目通りがかない、まことに恐悦至極。手土産に鯛《たい》のさしみの切れ端を持参いたしました」

猫将軍は、にゃあんと答えた。大儀である、と言ったのかどうか。

場所は、次郎左の屋敷の近く。松の木の陰である。我が物顔で香箱座りする猫将軍の前で、次郎左はしゃがみ込んでいた。

「何卒《なにとぞ》、おおさめくだされ」

次郎左は、恭しくさしみを地面に置く。猫将軍は、目を輝かせて飛びついた。

「お気に召したご様子、この長章大変光栄に存じます。つきましては、今後もどうぞよしなに――」

「木工助《もくのすけ》殿、貴公なにゆえそう長尾《ながお》にこだわるか」

「監物《けんもつ》殿こそ、毛利《もうり》の話ばかりでござらぬか」

すると、いきなり話し声がした。次郎左は目を見開き、ばっと立ち上がる。

「ぬうう」

そして、次の瞬間腰を押さえて呻《うめ》いた。

「厳島《いっくしま》の戦いは、伝わってくる話が本当なら――や、ややっ？」

監物が、驚いたように駆け寄る。

「いかがなされたか」

木工助も、それに続いた。二人は、何やら議論しながら歩いていたのだ。

「いや、何でもない。一晩中同じ姿勢で――」

言いかけて、次郎左は少し目を逸《そ》らし、

「――同じ姿勢で、色々書いておってな。少し痛むのだ」

「殿。御身お大事になさって下さい。ご無理はなさらぬよう」

木工助が、気遣わしげに言う。

「うむ。右筆を置くことを考えておる」

そう言うと、次郎左は二人に視線を戻した。

「それよりお主ら――聞いておったか」

監物と木工助は顔を見合わせ、

「いえ」

「何も」

同時に首を横に振った。

「ならよい。では、わしは戻る」

次郎左は、その場を去っていく。やや、背中を丸めるようにして。

残された監物と木工助は、また目を合わせる。そして猫将軍を見やり、どちらともなくにやりとし、やがて噴き出し、二人は、愉快そうに笑い合う。

ひとしきり笑ってから、二人は、猫将軍の前に膝《ひざ》を突いた。そして主にならって名乗りを始める。

「それがし、高野《こうの》監物隆次《たかつぐ》と申す者。冬松譜代の将にござる」

「拙者は取井《とりい》木工助正忠《まさただ》。以後、お見知りおきを」

猫将軍は、にゃあんと鳴いた。くるしゅうないと、言ったのかどうか。

【参考文献】

『尼崎志』尼崎市／『尼崎市史』本編第1－2巻、史料編第4－5巻　尼崎市役所
『たどる調べる　尼崎の歴史』『Web版　図説尼崎の歴史』尼崎市立地域研究史料館
『伊丹市史』第1－2巻（本文編第1、2）、第4巻（史料編第1）　伊丹市／『新・伊丹史話』伊丹市立博物館
『神戸～尼崎海辺の歴史』のじぎく文庫／『名塩史』西宮市名塩財産区
『大草家料理書』『見聞諸家紋』『小夜のねざめ』『樵談治要』（新校群書類従）内外書籍／『公卿補任中編』（国史大系第10巻）経済雑誌社／『尊卑分脈』吉川弘文館
『天文法乱松本問答記』（史籍雑纂第1）国書刊行会
『全国紋章規劃統一平安紋鑑』京都染物同業組合紋上絵部平安紋鑑刊行部
『祐園記抄』（続々群書類従第三『続南行雑録』）国書刊行会
天野忠幸編『戦国遺文　三好氏編』東京堂出版
岡田章雄訳注『ヨーロッパ文化と日本文化』岩波書店
河野純徳訳『聖フランシスコ・ザビエル全書簡』2－4巻 平凡社
松田毅一・川崎桃太訳『完訳フロイス日本史』中央公論新社
相田二郎『中世の関所』畝傍書房
天野忠幸『戦国期三好政権の研究　増補版』清文堂出版　『松永久秀と下剋上』平凡社　『三好一族と織田信長』戎光祥出版　『三好長慶』ミネルヴァ書房
天野忠幸編『松永久秀』宮帯出版社
網野善彦『無縁・公界・楽』（網野善彦著作集　第12巻）岩波書店

池享『戦国大名と一揆』吉川弘文館／磯田道史『日本史の内幕』中央公論新社
磯田道史、倉本一宏、F・クレインス、呉座勇一『戦乱と民衆』講談社
今谷明『戦国時代の貴族』講談社　『戦国　三好一族』『天文法華一揆』洋泉社
今谷明・天野忠幸監修『三好長慶』宮帯出版社／宇田川武久『鉄炮伝来』講談社
大石泰史『井伊氏サバイバル五〇〇年』星海社
岡野友彦『戦国貴族の生き残り戦略』吉川弘文館
小川光暘『寝所と寝具の文化史』雄山閣出版
小和田哲男『戦国の合戦』『戦国の群像』『戦国の城』学習研究社
河内将芳『戦国京都の大路小路』戎光祥出版　『信長が見た戦国京都』洋泉社
神田千里『一向一揆と戦国社会』吉川弘文館
神田裕理編『ここまでわかった　戦国時代の天皇と公家衆たち』洋泉社
木下聡『中世武家官位の研究』吉川弘文館／黒田基樹『百姓から見た戦国大名』筑摩書房
呉座勇一『陰謀の日本中世史』KADOKAWA　『応仁の乱』中央公論新社
後藤みち子『戦国を生きた公家の妻たち』『中世公家の家と女性』吉川弘文館
近藤好和『弓矢と刀剣』『騎兵と歩兵の中世史』吉川弘文館
桜井英治『室町人の精神』講談社／笹間良彦『図説　日本戦陣作法事典』柏書房
繁田信一『殴り合う貴族たち』文藝春秋
芝恒男『日本人と刺身』（水産大学校　研究報告　第60巻3号）
新行紀一編『戦国期の真宗と一向一揆』吉川弘文館
新谷和之編著『近江六角氏』戎光祥出版／高木久史『撰銭とビタ一文の戦国史』平凡社

田中勇『細川高国の切腹と大物・富松・京都』（地域史研究　第37巻第1号）
田端泰子『足利義政と日野富子』山川出版社　『室町将軍の御台所』吉川弘文館　『女人政治の中世』講談社／長江正一『三好長慶』吉川弘文館／永島福太郎『一条兼良』吉川弘文館
永原慶二『中世動乱期に生きる』新日本出版社　『室町戦国の社会』吉川弘文館
仁木宏『戦国富松都市論』（地域史研究　第33巻第1号）
仁木宏・福島克彦編『近畿の名城を歩く　大阪・兵庫・和歌山編』吉川弘文館
西ヶ谷恭弘『戦国の風景　暮らしと合戦』東京堂出版
西股総生『「城取り」の軍事学』『戦国の軍隊』学研プラス　『図解　戦国の城がいちばんよくわかる本』ベストセラーズ／野村淳爾『本願寺寺紋の変遷』（浄土真宗総合研究　10）
平山優『戦国大名と国衆』KADOKAWA
藤木久志『戦国史をみる目』校倉書房　『雑兵たちの戦場』朝日新聞社
藤田和敏『〈甲賀忍者〉の実像』吉川弘文館
藤本誉博『中世都市尼崎の空間構造』（地域史研究　第111号）
二木謙一『中世武家の作法』吉川弘文館／堀新『天下統一から鎖国へ』吉川弘文館
村井章介校注『老松堂日本行録』岩波書店／盛本昌広『贈答と宴会の中世』吉川弘文館
山田順子監修・植田裕子『戦国ファッション図鑑』立東舎
湯川敏治『戦国期公家社会と荘園経済』続群書類従完成会
若松和三郎『戦国三好氏と篠原長房』戎光祥出版
渡邊大門『戦国大名の婚姻戦略』KADOKAWA　『逃げる公家、媚びる公家』柏書房
有吉保全訳注『百人一首』講談社

飯野亮一『醤油の歴史③』(『FOOD CULTURE』No.3)/石田瑞麿『教行信証入門』講談社
井波律子訳『三国志演義』講談社/今鷹真・井波律子訳『正史 三国志』筑摩書房
小川剛生訳注『新版 徒然草 現代語訳付き』KADOKAWA
小竹文夫・小竹武夫訳『史記』筑摩書房/落合重信『地名研究のすすめ』国書刊行会
金谷治訳注『荀子』岩波書店 『孫臏兵法』筑摩書房
金子大栄校訂『教行信証』岩波書店/菊地ひと美『絵で見るおふろの歴史』講談社
高田真治・後藤基巳訳『易経』岩波書店/武田勝蔵『風呂と湯の話』塙書房
萩庭勇訳『尉繚子』明徳出版社/畑江敬子『さしみの科学』成山堂書店
蜂屋邦夫訳注『老子』岩波書店
三浦國雄『易経 ビギナーズ・クラシックス 中国の古典』KADOKAWA
村山孚訳『孫子・呉子』徳間書店/安原和見訳『戦争における「人殺し」の心理学』筑摩書房
柳田國男『先祖の話』(定本 柳田國男集 新装版第10巻)筑摩書房
山折哲雄『「教行信証」を読む』岩波書店/山田雄司『跋扈する怨霊』吉川弘文館
吉川幸次郎『論語』朝日新聞社/林語堂『蘇東坡』講談社
『礼記』(全釈漢文大系)集英社/『管子』『墨子』(新釈漢文大系)明治書院
『徳利と盃』(別冊太陽・骨董を楽しむ1)平凡社
KADOKAWA『角川日本地名大辞典』『日本家紋総鑑』/三省堂『大辞林』/小学館『日本国語大辞典』/新人物往来社『日本城郭大系第12巻 大阪・兵庫』/大修館書店『大漢和辞典』/東京堂出版『家紋の事典』/平凡社『字通』『日本歴史地名大系 兵庫県の地名1』/吉川弘文館『公家事典』『国史大辞典』

あとがき

「なにー！」

二〇一八年某月某日。尼野《あまの》ゆたかは、電話の向こうの担当編集・M崎さんに叫びました。

「どういうことだ！」

ただし心の中で。本当に「どういうことだ！」とか言ったら、M崎さんに「どういうことだってどういうことですかー？」と朗らかに返り討ちに遭うからです。恐ろしい……。

「あちゃあ……ほんまでっか」

というわけで、尼野ゆたかは極めて無難な言い回しで訊《たず》ねました。

「そうですねー」

M崎さんはどちらにせよ朗らかでした。

「この設定のままで行くのは、ちょっと大変ですね」

それは、尼野ゆたかが送りつけた渾身《こんしん》のプロット（小説のあらすじみたいなもの）「宰相王妃（仮）」の感想。尼野ゆたかのやりたいことを詰め込んだものだったのですが、この時点では沢山のクリアすべき課題を抱えていたのです。M崎さんは朗らかに圧力をかけるのではなくきっちり説明して下さり、状況はよく理解できました。ううむ厳しい……。

普段の尼野ゆたかなら一度仕切り直す場面なのですが、どうしてかこの時に限ってもうちょっと粘ろうという気になりまして。その結果、コアの部分だけ残したアイデアがいくつか生まれ、中でもM崎さんから朗らかな反応が得られたのが「戦国時代と合体」でした。

はてさて。舞文曲筆の徒たる尼野ゆたかですが、やるなら戦国時代についてしっかり勉強したいところです。実を言うとあまり詳しくなくて……。おい！　って感じですね。

というわけでまずは関連する書籍を読みやすいところから読み始めました。これはただ単に事実関係を調べて……という作業に留《とど》まらず、もっと深い部分で力となりました。

未来に伝え残そうと綴《つづ》られた言葉、過去を解き明かそうと書かれた様々な文章を読みふけるうちに、新たな閃《ひらめ》きが次々と生まれたのです。中にはなんでそれを読んでそういう思い付きに至ったんだというものも少なからずありますが、尼野ゆたか個人の創作の『枠』が広がったのかもしれません。（架空も架空の話なので、創作を優先した場面もあります）

なにせ浅学の身、原典があまりに難解だったり膨大だったりで途方に暮れることもありましたが、専門家の方々が解説書を書いていらして、とても助かりました。

感謝の意を込め参考文献を載せました。（スペースの関係で読みにくくてすみません）

隅々まで読解したとは到底言えず、読むべき本を読み切れてもいませんが……。勉強します。

そんなこんなでプロット「戦国昼寝姫」が完成。結構とんとん拍子で企画会議等通ったのですぐ書き始めることとなり、並行して色々読みながらの執筆となりました。

これがとにかく途中で止まることが無くて。完成しても大体の場合M崎さんから朗らかにダメ出しを受けるのですが、今回は朗らかに「わたしも昼寝姫になっちゃいました！」みたいに褒めて頂き、またしてもとんとん拍子だったのでした。おかしい……尼野ゆたかの人生はうまくいかないのが基本なのに……何か罠《わな》が……。

という懸念は現実のものになりました。富士見L文庫の作品としては少し硬く細かいというか肩に力の入った感じになっていて、読みやすく手直しする必要があると編集部から指摘されたのです（何しろL文庫初の戦国時代ものですし）。

そこで、M崎さんの朗らかなご協力を頂きながら、「戦国ものをあまり読まない人でも楽しんでもらえるように。戦国時代が好きな人にも『ほぅ』となってもらえるように」を合い言葉にチューニングを行いました。上手《うま》くいっていればいいのですが。

ここからはお礼を。常日頃から大勢の方にお世話になっておりまして、本来なら一人一人のお名前を挙げたいのですが、もしそんなことをしたら余りに長すぎて暁《あかつき》印刷様の印刷機が爆発してしまうでしょうから、直接的にお世話になった方に絞ってということで。自分の名前がないぞ、とお思いの方。尼野ゆたかは誓ってあなたを忘れてはいません……！

高価な辞典／事典類や入手困難な古書などには、公立図書館の蔵書やデジタル化資料等で触れることができました。管理運営に携わっている皆様にも、謹んでお礼を申し上げる次第です。とりわけ尼崎《あまがさき》市立地域研究史料館様には、資料の郵送複写をお願いするなど、大変お世話になりました。本当にありがとうございました。

この話を書くよう導いて下さった、朗らかな担当M崎さん。本当に感謝しております。不躾《ぶしつけ》な質問に気さくに答えて下さった木下昌輝《きのしたまさき》先生、歴史小説への想いを作品とお言葉とで示して下さった川越宗一《かわごえそういち》先生にもお礼を申し上げます。とても参考になりました！

素敵な表紙イラストを描いて下さった鈴《すず》ノ助《すけ》様。完成品を拝見した時はM崎さんに負けないほど朗らかになってしまいました！　細部まで描き込まれていて本当に感動しました。

様々に協力してくれたI本さんと、その飼い猫のエージェント・コーマソンことこまめ。よう考えたらこまめは別に何もしてへんねやけど（笑）。

二〇一九年　六月　吉日　尼野ゆたか

お便りはこちらまで

〒一〇二―八五八四
富士見L文庫編集部　気付
尼野ゆたか（様）宛
鈴ノ助（様）宛

富士見L文庫

戦国《せんごく》昼寝《ひるね》姫《ひめ》、いざ参《まい》らぬ

尼野《あまの》ゆたか

2019年7月15日　初版発行

発行者　三坂泰二
発　行　株式会社 KADOKAWA
〒102-8177　東京都千代田区富士見2-13-3
電話　0570-002-301（ナビダイヤル）

印刷所　株式会社暁印刷
製本所　株式会社ビルディング・ブックセンター
装丁者　西村弘美

定価はカバーに表示してあります。

●お問い合わせ
https://www.kadokawa.co.jp/（「お問い合わせ」へお進みください）
※内容によっては、お答えできない場合があります。
※サポートは日本国内のみとさせていただきます。
※Japanese text only

ISBN 978-4-04-073279-4 C0193

華仙公主夜話

著／喜咲冬子　イラスト／上條ロロ

腕力系公主と腹黒宰相が滅亡寸前の国を救う!?
凸凹コンビの中華救国譚！

公主であることを隠し、酒楼の女主として暮らす明花のもとに訪れたのは若き宰相・伯慶。彼は明花に、幼い次期皇帝・紫旗を守るよう協力を迫り……。腕力系公主と腹黒宰相、果たして滅亡寸前の国を救えるのか!?

【シリーズ既刊】1〜2巻

富士見L文庫

紅霞後宮物語

著／**雪村花菜**　イラスト／桐矢 隆

これは、30歳過ぎで入宮することになった「型破り」な皇后の後宮物語

女性ながら最強の軍人として名を馳せていた小玉。だが、何の因果か、30歳を過ぎても独身だった彼女が皇后に選ばれ、女の嫉妬と欲望渦巻く後宮「紅霞宮」に入ることになり——!?　第二回ラノベ文芸賞金賞受賞作。

【シリーズ既刊】1〜10巻【外伝】第零幕　1〜3巻

富士見L文庫

暁花薬殿物語

著／佐々木禎子　イラスト／サカノ景子

ゴールは帝と円満離縁!?
皇后候補の成り下がり“逆”シンデレラ物語!!

薬師を志しながらなぜか入内することになってしまった暁下姫。有力貴族四家の姫君が揃い、若き帝を巡る女たちの闘いの火蓋が切られた……のだが、暁下姫が宮廷内の健康法に口出ししたことが思わぬ闇をあぶり出し？

【シリーズ既刊】1～2巻

富士見L文庫

お直し処猫庵

お困りの貴方へ肉球貸します

著／尼野 ゆたか　イラスト／おぷうの兄さん（おぷうのきょうだい）

猫店長にその悩み打ちあけてみては？
案外泣ける、小さな奇跡。

OL・由奈はへこんでいた。猫のストラップが彼に幼稚だとダメ出された上、壊れてしまったのだ。そこへ目の前を二足歩行の猫がすたこら通り過ぎていく。傍らに「なんでも直します」と書いた店「猫庵」があって……

富士見L文庫